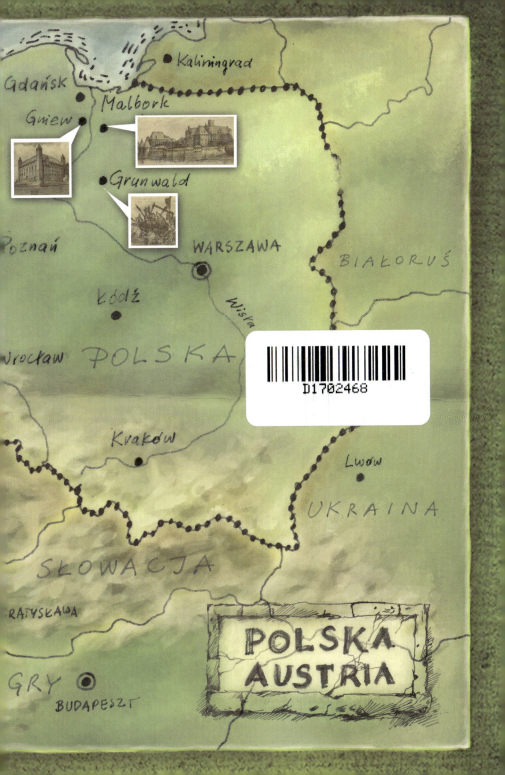

Pomysł serii: Agnieszka Sobich i Agnieszka Stelmaszyk

Tekst: Agnieszka Stelmaszyk
Ilustracje: Jacek Pasternak
Redaktor prowadzący: Agnieszka Sobich
Korekta: Agnieszka Skórzewska
Projekt graficzny i DTP: Bernard Ptaszyński

© Copyright for text by Agnieszka Stelmaszyk
© Copyright for illustrations by Jacek Pasternak
© Copyright for this edition by Wydawnictwo Zielona Sowa Sp. z o.o., Kraków 2011
All rights reserved

ISBN 978-83-265-0020-6

Wydawnictwo Zielona Sowa Sp. z o.o.
30-404 Kraków, ul. Cegielniana 4a
Tel./fax 12 266 62 94, tel. 12 266 62 92
www.zielonasowa.pl
wydawnictwo@zielonasowa.pl

Agnieszka Stelmaszyk
Ilustracje: Jacek Pasternak

Sekret Wielkiego Mistrza

WYDAWNICTWO ZIELONA SOWA

Rozdział I

W poszukiwaniu El Dorado

Z serca dziewiczej, amazońskiej dżungli wyszła biała kobieta. Przed nią szedł Barnardino, indiański przewodnik, który torował drogę maczetą. Kobieta szła zamyślona, ze spuszczoną głową, uważnie patrząc pod nogi. Trzech tragarzy niosło z tyłu niezbędne bagaże i zapasy. Służyli jej wiernie, choć gdy zobaczyli ją po raz pierwszy, byli zdumieni, że biała kobieta i do tego zupełnie sama wybiera się w najbardziej niedostępne rejony lasu równikowego. Ona jednak dobrze wiedziała, co robi. Zresztą, nie po raz pierwszy przemierzała Amazonię trasą pułkownika Percy'ego Harrisona Fawcetta, wielkiego wiktoriańskiego podróżnika, poszukiwacza złotego miasta, nazywanego El Dorado. Dokładna kopia mapy należącej niegdyś do Fawcetta, była jedną z niewielu rzeczy, jaka pozostała jej po ojcu, który wyruszył tą samą trasą, co pułkownik i tak jak on, już nigdy nie wrócił z amazońskiej dżungli. Właściwie kobieta prawie już nie pamiętała ojca.

El Dorado
to mityczna kraina obfitująca w złoto. Pod wpływem licznych indiańskich opowieści, bardzo szybko zaczęto organizować poszukiwania. Jednymi z pierwszych, chcących odnaleźć mityczne miasto, byli hiszpańscy konkwistadorzy. Uważa się, że źródłem legendy był obyczaj, w którym władca jednego z plemion indiańskich składał ofiarę swoim bogom, obsypany złotym proszkiem. Być może w tych opowieściach tkwi ziarno prawdy…

Narzecze: dialekt, mowa regionalna różniąca się pewnymi cechami od języka ogólnonarodowego. Termin ten najczęściej jest używany w odniesieniu do języków egzotycznych.

Indiańskie plemię Kuikuro, inaczej nazywane też Kalapalo, zamieszkuje region Mato Grosso w Brazylii, w górnym biegu rzeki Xingu. Ostatnie odkrycia dowodzą, że niegdyś na obszarze tym kwitła cywilizacja, a Indianie budowali doskonale zorganizowane wioski i uprawiali wiele roślin, nie niszcząc przy tym lasu tropikalnego. W umiejętny sposób korzystali z jego bogatych zasobów. Kres tej cywilizacji przyniosły nieznane bakterie oraz wirusy przywleczone przez Europejczyków. Choroby doprowadziły do wymarcia wielu amazońskich osad, a opustoszałe wioski bardzo szybko porosła dżungla. Obecnie Indianie Kalapalo, tak jak i wiele innych plemion, walczą o teren do życia. Mieszkańcy Amazonii starają się zwrócić uwagę świata na niszczenie i wycinkę olbrzymich połaci dziewiczych lasów równikowych. Wraz z lasem znikną tysiące gatunków roślin i drzew, których następne pokolenia być może już nigdy nie zobaczą.

Nagle z zadumy wyrwał ją niepokojący szelest.

Po chwili z zarośli wyłonił się drobny Indianin. Gestykulował żywo i wyrzucał z siebie krótkie, urywane zdania w narzeczu, którego podróżniczka zupełnie nie mogła zrozumieć.

– O co chodzi? – pytała swego przewodnika.

– Żona wodza plemienia Kalapalo jest bardzo chora, nawet szaman nie może jej uleczyć – przetłumaczył szybko.

– Och, to smutne – odrzekła kobieta.

– Wódz chce, żebyś wyleczyła jego żonę – dodał Bernardino.

– Ja? – kobieta wytrzeszczyła oczy. – Nie jestem lekarzem! A właściwie, skąd on o mnie wie? – zdumiała się.

– Jeśli w dżungli pojawia się samotna, biała kobieta, to wszyscy o niej wiedzą. Nawet małpy o tym mówią – przewodnik wzruszył ramionami.

Kobieta z niedowierzaniem, ale i z obawą zadarła głowę i powiodła wzrokiem po niebosiężnych konarach drzew.

– Musimy do nich iść? – z niechęcią wskazała przybyłego Indianina.

– Nie radziłbym im odmawiać – przewodnik potrząsnął głową. – To plemię znane było kiedyś z kanibalizmu – straszył. – Do dziś zdarza się, że ludzie giną tutaj bez wieści. Na pewno teraz ich wojownicy trzymają nas na muszce.

Kobieta zadrżała.

– Nie mam ochoty skończyć jako popołudniowa przekąska – mruknęła. – Zatem chodźmy! – głośno wydała komendę. „Co będzie, jeśli nie wyleczę żony wodza?" – pomyślała z narastającą obawą. „A jeśli ojciec również natrafił na Indian Kalapalo?…"

Wolała nie kończyć strasznych wizji. On na pewno nie dałby się zjeść kanibalom. Może przynajmniej trafi w wiosce na jakieś informacje o nim. Niewykluczone, że w ich legendach zachowała się nawet sylwetka pułkownika Percy'ego Fawcetta. Niektórzy uważają przecież, że nim zaginął bez wieści, dotarł do złotego miasta. Być może zapłacił za to najwyższą cenę. Czy ojca spotkał ten sam los?

Po chwili wahania, kobieta doszła do wniosku, że ma wiele powodów, aby odwiedzić osadę Indian Kalapalo.

Percy Harrison Fawcett
urodził się w 1867 roku.
Słynny angielski odkrywca epoki wiktoriańskiej. Fascynował się Amazonią i zamieszkującymi ją plemionami. Nie był konkwistadorem, lecz uczonym. Dwadzieścia lat swojego życia poświęcił na badanie dżungli amazońskiej. Uzbrojony w kompas i maczetę, ze skąpym ekwipunkiem, tygodniami mógł przemierzać dziewicze rejony Amazonii, nieznane wcześniej białym ludziom. Sprzeciwiał się wyniszczaniu kultury Indian. Starał się poznawać ich historię, sztukę i języki. Za wkład w tworzenie map Ameryki Południowej Królewskie Towarzystwo Geograficzne przyznało mu medal. Fawcett uważał, że tropikalny las w Amazonii skrywa tajemnicę zaginionej przed wiekami cywilizacji.
Jako pierwszy pragnął odnaleźć El Dorado, nazywane przez pułkownika „Miastem Z". W 1925 roku wyruszył w kolejną podróż. Plany ekspedycji oraz trasę utrzymywał w wielkiej tajemnicy, żeby nikt go nie ubiegł. Towarzyszył my syn Jack oraz przyjaciel Raleigh. Nigdy już nie powrócili do domu. Indianie Kalapalo, zamieszkujący dziś ziemie należące do Parku Narodowego Xingu, prawdopodobnie jako ostatni widzieli podróżnika żywego. Potem wszelki ślad po nim zaginął. Wyprawa Fawcetta obrosła legendami. Wielu uważało, że udało mu się odnaleźć zaginione „Miasto Z". Co wydarzyło się naprawdę, wie tylko dżungla…

Rozdział II
Znowu razem

Relikwia:
były nią zwykle doczesne szczątki świętych oraz wszelkie przedmioty, których święty mógł używać. W średniowieczu często sprzedawano fałszywe relikwie.

Relikwiarz:
zazwyczaj bogato zdobione naczynie służące do przechowywania świętych relikwii. Relikwiarzom nadawano różną formę. Mogły mieć kształt monstrancji, krzyża, szkatułki, puszki, trumienki, a nawet ramienia czy głowy.

– Szkoda, że sprawa relikwiarza utknęła w martwym punkcie – Ania westchnęła.

W pokoju brata przeglądała trzeci tom Kronik Archeo.

– Myślałam, że rozwinie się z tego jakaś przygoda – znowu westchnęła, patrząc na kilka zapisanych stron księgi. Reszta wciąż pozostawała pusta.

– Ja też sądziłem, że wujek Ryszard wpadł na trop ciekawej zagadki – wtrącił Bartek. – I wiele na to wskazywało.

Ania pokiwała głową, zgadzając się z bratem.

– Byliśmy jeszcze w Grecji, gdy na pożegnalnym przyjęciu Kasztelan zadzwonił do ciebie. Powiedział ci o zagadkowym pergaminie, który odkrył w trakcie prac konserwatorskich na zamku – przypomniała Ania. – Wtedy nawet jeszcze nie był pewien, z jakiego dokładnie okresu on pochodzi i czy w ogóle jest autentyczny.

Pergamin: materiał piśmienny wytwarzany ze skór zwierzęcych. Był o wiele wytrzymalszy niż papirus i umożliwiał wykonywanie wspaniałych zdobień, miniatur a nawet bardziej rozbudowanych rysunków. Jego nazwa wywodzi się od starożytnego miasta Pergamon.

Bartek zamyślił się melancholijnie na to wspomnienie. Przed oczami stanęła mu Klejto, śliczna i miła dziewczyna, którą poznał na wakacjach. Gdyby nie ona, kto wie, czy jeszcze siedziałby tu z siostrą. Klejto uratowała mu przecież życie. Minął już rok odkąd jej nie widział. Pisali do siebie czasem i rozmawiali przez Skype'a, ale to przecież nie to samo, co spotkanie.

– Wiesz – Bartek w końcu otrząsnął się z zamyślenia – nadal uważam, że przyjazd tych ludzi z Zakonu Krzyżackiego z Wiednia nie był przypadkowy. Pytali przecież wujka o pergamin, który kilka dni później znalazł w tajnej skrytce. Skąd mogli wiedzieć, że będzie się on znajdować akurat w zamku Kasztelana? – fakt ten ciągle nie dawał Bartkowi spokoju. – I skąd wiedzieli, że dokument ten będzie opisywał zaginiony relikwiarz Hermana von Salzy?

– Najdziwniejsze jest to, że kiedy wujek już odnalazł pergamin, to wcale się nie pojawili. Skoro zakonowi tak na nim zależało, dlaczego nikt nie przybył, żeby go obejrzeć? – zastanawiała się Ania.

Herman von Salza
urodził się około 1179 roku. Wielki mistrz Zakonu Krzyżackiego w latach 1209-1239. Znakomity polityk i dyplomata, był faktycznym twórcą potęgi zakonu. Pod jego rządami zakon zyskał ogromny majątek, szerokie wpływy polityczne, zdobył rozległe posiadłości ziemskie, osiągnął również pozycję równą templariuszom i joannitom.
W 1215 roku za sprawą Hermana von Salzy, król Węgier Andrzej II przed wyjazdem na wyprawę krzyżową, nadał Zakonowi Krzyżackiemu ziemię Borsa w Siedmiogrodzie. Sądził, że Krzyżacy będą ją ochraniać przed najazdami wrogich Połowców. Szybko jednak okazało się, że rycerze zakonni mają inne plany i chcą założyć własne państwo niezależne od władzy królewskiej. Węgrzy zorientowali się w sytuacji i przepędzili ich ze swoich ziem. Konrad Mazowiecki nie był tak przewidujący i w 1226 r. sprowadził Krzyżaków do Polski. Objęli w posiadanie Ziemię Chełmińską i wkrótce podbili ziemie Prusów. Utworzyli na nich świetnie zorganizowane państwo i niebawem podstępem zagarnęli Pomorze Gdańskie, pozbawiając Polskę dostępu do morza.
Herman von Salza zmarł 20 marca 1239 r. w Salerno we Włoszech.

– Tym bardziej, że relikwiarz miał dla rycerzy zakonnych wielkie znaczenie. Pochodził z Ziemi Świętej z okresu wypraw krzyżowych i zawierał cenną relikwię – dodał Bartek.

– Szkoda, że nie udało się nam go odnaleźć! – Ania z rezygnacją zatrzasnęła kronikę.

W tym samym momencie do pokoju weszła mama i przyniosła dobrą wiadomość:

– Gardnerowie już są!

Ania w jednej chwili zapomniała o relikwiarzu i wszystkich tych nierozwiązanych sprawach, które się z nim łączyły. Już od kilku tygodni z wielką niecierpliwością czekała na przyjazd przyjaciół z Anglii.

Mary Jane oraz bliźniacy – Jim i Martin, przyjechali specjalnie dla Ani, na jej dziewiąte urodziny. Dziewczynka już nie mogła doczekać się tortu i zdmuchnięcia świeczek.

Urodziny obchodziła dopiero za dwa dni, dwunastego lipca, ale Gardnerowie przybyli wcześniej, żeby mogli odpocząć po męczącej podróży.

Wyprawy krzyżowe, nazywane również krucjatami, prowadzono przeciwko Turkom oraz islamowi od końca XI do początków XIV w. Miały one na celu odbicie oraz obronę miejsc związanych z religią chrześcijańską.
Nazwa „wyprawy krzyżowe" pochodzi od czerwonych krzyży na płaszczach ich uczestników. W czasie krucjat na Bliskim Wschodzie oraz w Afryce powstały państwa krzyżowców. Utworzyły się również zakony: Templariuszy, Joannitów oraz Krzyżaków.

Krzyżacy   Templariusze   Joannici

Gdy Ania zbiegła po schodach do pokoju gościnnego, rozdziawiła usta ze zdumienia. Bliźniacy tak wyrośli, że ledwie ich poznała! Zrobili się jeszcze bardziej do siebie podobni i po raz pierwszy Ania nie potrafiła ich odróżnić. Mary Jane również wydoroślała. Może to za sprawą długich włosów, o jakich marzyła Ania. Przyjaciółki rzuciły się sobie w objęcia. Pośród wesołego gwaru jedynie Bartek stał z boku i patrzył jak zahipnotyzowany na Mary Jane.

– Nie poznajesz mnie? – Mary Jane zwróciła się do niego ze śmiechem.

– Nie, no skąd! Jasne, że cię poznaję. Tylko że… – Bartek plątał się zakłopotany. – No tak, trochę się zmieniłaś. Może coś z włosami zrobiłaś? – przekrzywiał głowę, żeby lepiej się jej przyjrzeć.

Mary Jane parsknęła śmiechem.

– Nie przejmuj się, tak to jest z facetami – Ania wzięła przyjaciółkę pod rękę i odeszły na bok, pozostawiając Bartka z miną karpia wyciągniętego na brzeg. Po chwili Jim dał mu solidnego kuksańca pod żebro.

– Oj, coś marnie z twoim refleksem – zaśmiał się mały Gardner.

– Jim, to się nie liczy! Wziąłeś mnie z zaskoczenia! – bronił się Bartek.

– I o to chodziło! – przyjaciel zaśmiał się. – I nie jestem Jim, tylko Martin.

– Nieprawda, to ja jestem Martin! – podbiegł drugi z bliźniaków.

Bartek uważnie przyjrzał się ich uszom. Pod nowymi, nieco dłuższymi fryzurami, prawie nie było ich widać.

– Chłopaki, ale mnie podpuszczacie! To ty jesteś Jim – wskazał wreszcie właściciela nieco wystających spod rudawych włosów koniuszków uszu.

Chłopcy roześmiali się.

– Będziesz musiał zoperować sobie uszy, żeby nikt nas nie rozpoznawał – Martin powiedział do brata.

– Sam się zoperuj! – grzmotnął go Jim.

– Bartek, przyjmiesz nas do swojego bractwa? Jesteśmy najlepsi w szermierce! – pochwalili się.

– Okej, porozmawiam z wujkiem Ryszardem – obiecał Bartek.

– Ekstra! – ucieszyli się bliźniacy. – A nauczysz nas strzelać z łuku?

– Jasne, że was nauczę. Jesteście już na tyle duzi, że dacie radę naciągnąć cięciwę.

Pani Beata Ostrowska zaprosiła wszystkich do stołu:

– Siadajcie, moi drodzy, obiad już czeka.

– A gdzie jest panna Ofelia? – zapytał sir Edmund Gardner.

– Ofelia wyjechała w góry, gdzieś w Bieszczady – Beata Ostrowska zaspokoiła ciekawość brytyjskiego przyjaciela.

– Mam nadzieję, że zdąży wrócić na moje urodziny – wtrąciła z zatroskaną minką Ania.

– Na pewno! – uspokoił ją ojciec.

– Jim, pamiętaj, żeby umyć jutro uszy – Martin szturchnął brata i zachichotał.

Obaj bliźniacy uwielbiali dowcipkować sobie z niektórych anachronicznych metod pedagogicznych panny Ofelii Łyczko.

– Nie wiedziałam, że Ofelia lubi samotne, górskie wędrówki – Melinda Gardner zdziwiła się, próbując jednocześnie doskonałego, polskiego rosołu z lanymi kluseczkami. – Umm... wspaniała zupa! – pochwaliła.

– Dziękuję – Beata Ostrowska uśmiechnęła się i zaraz odpowiedziała na uwagę dotyczącą panny Łyczko: – Nawet my sami nie wiemy wszystkiego o Ofelii. Czasem znika gdzieś w górach i zaszywa się na kilka tygodni.

– W sumie się nie dziwię – dołączył do rozmowy Adam Ostrowski. – Po tym, co musi przechodzić z naszymi dzieciakami, gdy pracujemy gdzieś w terenie, potrzebuje pewnie odrobiny wytchnienia i samotności.

– Fakt, nasze łobuziaki potrafią dać nieźle w kość – uśmiechnął się jowialnie sir Gardner.

– Jakoś nie wyobrażam sobie panny Ofelii objuczonej ogromnym plecakiem i wędrującej po górach – Jim przewrócił oczami, ale powiedział to na tyle cicho, by rodzice zajęci już rozmową na inny temat, nie usłyszeli.

– Pewnie defiluje tam w szpileczkach i cały czas narzeka: „Och, moje włosy! Och, pobrudziła mi się sukienka!" – Martin doskonale parodiował pannę Łyczko.

– Przestańcie już! – skarciła bliźniaków Mary Jane.

– Mary Jane ma rację, panna Ofelia może i jest czasami dziwna, ale wiele razy nam pomogła – Ania również wzięła w obronę opiekunkę.

– Jak wróci, to zapytamy ją, co robiła w Bieszczadach i czy spotkała tam niedźwiedzia albo wilka – Bartek puścił oko do Jima i Martina.

– A co z odkryciem waszego wujka? – Mary Jane zaczęła z innej beczki. – Sprawy ruszyły do przodu? – zaciekawiła się.

Bartek od razu się ożywił i zaczął ściszonym głosem opowiadać, jak potoczyła się cała historia.

Rozdział III

Rodzinne sekrety

Po pogrzebie swojego dziadka Felipe, Antonio Silva otworzył paczkę, którą umierający starzec przekazał mu trzy dni wcześniej, nim wydał z siebie ostatnie tchnienie. Wtedy Antonio nie miał głowy, żeby do niej zaglądać.

Teraz postawił paczkę na biurku w swoim biurze w luksusowej dzielnicy Rio de Janeiro.

Antonio urodził się w Rio czterdzieści lat temu i zawsze uważał się za Brazylijczyka. Aż tu nagle jego sklerotyczny dziadek wyjawił mu, że w jego żyłach płynie również niemiecka krew. Felipe był bowiem niegdyś niemieckim oficerem, który po drugiej wojnie światowej zbiegł do Brazylii i przyjął nową tożsamość. Widocznie miał coś na sumieniu, że postanowił się ukrywać. Naprawdę nazywał się Otton Grundmann. Nikt w rodzinie nie miał pojęcia o jego przeszłości. Dopiero teraz Antonio zrozumiał, dlaczego jego dziadek przejawiał skłonności do lekkiej paranoi i wciąż czegoś się obawiał.

– Żeby tę przeklętą tajemnicę zabrał ze sobą do grobu! Ale nie! Nagle poczuł jakieś wyrzuty sumienia i musiał mi o tym wszystkim powiedzieć! – Silva wściekał się. – Jeśli ta informacja gdzieś wycieknie, może to źle wpłynąć na moje interesy! – mówił do siebie, głaszcząc złote sygnety. – Moi kontrahenci nie mogą się o tym dowiedzieć! – zacisnął pięść. I tak już służ-

by rządowe zlikwidowały jedną z jego nielegalnych kopalni złota. Rtęć, której używano do poszukiwania złotego kruszcu bezpowrotnie niszczy wielkie połacie lasu deszczowego i zatruwa wodę, a tym samym mieszkających tam ludzi oraz zwierzęta, lecz Antonio zupełnie się tym nie przejmował. Dla niego najgorszą rzeczą w całej tej sprawie był spadek dochodów aż o czterdzieści procent! Rząd jeszcze nie wpadł na jego trop, ponieważ kierował kopalniami przcz podstawionych ludzi, ale ta historia z niemieckim dziadkiem mogła odbić mu się czkawką. Nie wiedział przecież, dlaczego dziadek ukrył się w Brazylii.

Mężczyzna rozwinął kartkę, na której widniał, napisany drżącą ręką, numer telefonu. Musiał przysiąc dziadkowi, że nie otwierając paczki, zwróci ją pewnym ludziom w Wiedniu.

– Co jest w tej paczce? – zapytał wtedy dziadka.

– Są tam... – starzec dyszał ciężko, próbując zaczerpnąć tchu. – Są tam... dokumenty, które w czasie wojny, na polecenie Hitlera, wykradłem z pewnego miejsca w Polsce – wyszeptał z trudem. – One muszą wrócić do zakonu! – starzec wbił się paznokciami w dłoń wnuka. – Przysięgnij mi to! Przysięgnij, że je zwrócisz i nie zajrzysz do paczki! – błagał rozpaczliwie, czując, że nadeszła jego ostatnia godzina.

– Przysięgam! – rzekł dla świętego spokoju Antonio. – Przysięgam, że zwrócę ją zakonowi – powtórzył, choć nie miał pojęcia, o jaki zakon w ogóle chodzi. Nie zdążył o to zapytać dziadka, bo starzec zamknął powieki i... umarł.

To wszystko wydarzyło się kilka dni temu. Mimo danego słowa, Antonio rozciął zabezpieczającą taśmę oklejającą szczelnie tekturowe pudełko. Słowa przysięgi znaczyły dla niego tyle, co śnieg, który w Brazylii wyjątkowo rzadko pada.

– Co to jest u diabła? – zdumiony wyciągnął starą, żołnierską menażkę pochodzącą chyba z czasów drugiej wojny światowej. Wewnątrz niej odkrył plik złożonych, starych pergaminów. Mimo że nadgryzł je ząb czasu, nadal były w dobrym stanie, a piękne, jaskrawe miniatury i zdobienia rękopisów wciąż zachwycały żywą barwą. Antonio nic z nich nie rozumiał. Ale jego szósty zmysł mówił mu, że trzyma w dłoniach bardzo cenną rzecz. A być może chodziło o coś jeszcze cenniejszego. Na jednej z pergaminowych kart, z niezwykłą dokładnością narysowany był przedmiot przypominający otwartą skrzyneczkę z wyrzeźbionymi figurkami w środku. Kolejna karta zwierała mapę z gmatwaniną jakichś tuneli i pomieszczeń. Były na nich dziwne, niezrozumiałe oznaczenia.

– Coś czuję, że mogę na tym świetnie zarobić! – na twarzy Antonio zagościł wyrachowany uśmieszek. Wiedział już, co chce zrobić.

Podzielił dokumenty na dwie części. Jedną z nich zostawił w tekturowym pudełku, a mapę umieścił z powrotem w starej menażce.

– Muszę tylko gdzieś dobrze ją ukryć – potrząsał menażką, szukając w myślach najlepszego miejsca. – Nie mogą tego odnaleźć, zanim nie wyciągnę od nich kasy. A to – złapał rysunek dziwnej szkatułki – będzie dla nich na zachętę – uśmiechnął się cynicznie, pewien, że wszystkich wywiedzie w pole, a sam na tym zarobi.

Kiedy ułożył już w głowie szczegółowy plan działania, wziął, pozostawioną mu przez dziadka, karteczkę z numerem i wykonał telefon do Wiednia.

Z Kronik Archeo

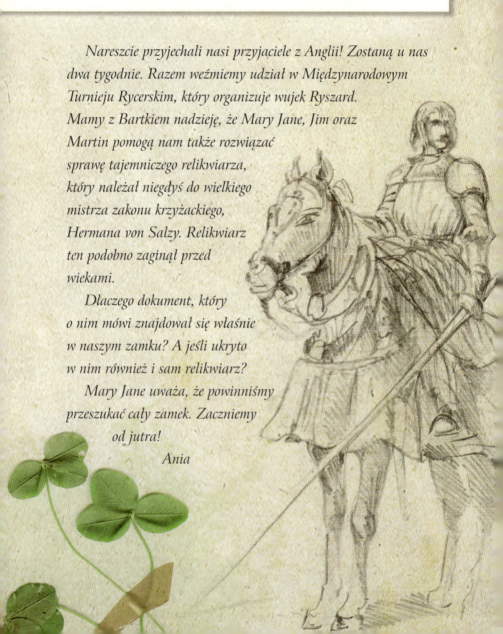

Nareszcie przyjechali nasi przyjaciele z Anglii! Zostaną u nas dwa tygodnie. Razem weźmiemy udział w Międzynarodowym Turnieju Rycerskim, który organizuje wujek Ryszard. Mamy z Bartkiem nadzieję, że Mary Jane, Jim oraz Martin pomogą nam także rozwiązać sprawę tajemniczego relikwiarza, który należał niegdyś do wielkiego mistrza zakonu krzyżackiego, Hermana von Salzy. Relikwiarz ten podobno zaginął przed wiekami.

Dlaczego dokument, który o nim mówi znajdował się właśnie w naszym zamku? A jeśli ukryto w nim również i sam relikwiarz?

Mary Jane uważa, że powinniśmy przeszukać cały zamek. Zaczniemy od jutra!

Ania

Rozdział IV

Faceci w czerni

Kiedy Antonio Silva dzwonił do Wiednia, nawet nie przypuszczał, że przedstawiciele tajemniczego zakonu pojawią się w Rio de Janeiro tak szybko! Liczył, że zajmie im to wiele dni, a może nawet tygodni. Zupełnie się nie spodziewał, że ludzie ci zjawią się u niego w ciągu kilkunastu godzin! Był akurat w dżungli, w jednej ze swoich nielegalnych kopalni złota, gdy zadzwonił jego telefon satelitarny.

– Antonio, wracaj tu natychmiast! – w słuchawce rozległ się zdenerwowany głos jego sekretarki. – Jacyś panowie do ciebie! Nie wyglądają na miłych – syknęła konspiracyjnym szeptem. – Podobno masz coś dla nich i chcą to obejrzeć.

– Jasny gwint! – Antonio zaklął. – Skąd oni się tak szybko tutaj wzięli?

– Nie mam pojęcia, ale lepiej wracaj! – odpowiedziała.

– Postaram się jak najszybciej dotrzeć – rzucił nerwowo do słuchawki i rozłączył się. „Musi im bardzo na tych materiałach zależeć. W takim razie sporo zapłacą" – kombinował. Wyciągnął z torby starą, żołnierską menażkę. „Dobrze, że zabrałem ją ze sobą" – pochwalił się w myślach za niezawodne przeczucie.

– Najlepiej ją ukryć w dżungli – mruknął pod nosem. – Z pewnością nikt nie będzie jej tutaj szukał – Antonio wolał nie zabierać jej ze sobą do Rio. Mapa schowana w menażce miała być formą zabezpieczenia, na wypadek gdyby rozmowa poszła nie tak, jak to zaplanował.

Niedaleko była indiańska osada. Postanowił, że tam na razie zostawi menażkę na przechowanie. Pracownikom kopalni złota nie mógł ufać. Zatrudniał przecież same typki spod ciemnej gwiazdy. Ustali wszystko z wysłannikami zakonu, a potem wróci i zabierze menażkę dziadka. Zdawał sobie sprawę, że średniowieczna mapa nie może zbyt długo przebywać w wilgotnym lesie równikowym, ponieważ ulegnie całkowitemu zniszczeniu. Będzie wówczas bezwartościowa i nikt mu za nią nie zapłaci. Warto było jednak zaryzykować, by ustalić jak najwyższą stawkę.

Kiedy dotarł do wioski, wręczył wodzowi Indian Kalapalo trochę tytoniu, nożyk, zapalniczkę oraz haczyki do łowienia ryb i wytłumaczył, że ma na jakiś czas przechować menażkę. Wódz się zgodził. Zaniósł menażkę do chaty i umieścił w swoim hamaku. Antonio był pewien, że jest zupełnie bezpieczna. Plemię Kalapalo cieszyło się złą sławą i biali trzymali się od nich raczej z daleka.

Kilka godzin później, mocno spóźniony, Antonio Silva wysiadł ze swojej Cessny 172 i niebawem pojawił się w biurze, w którym już czekali wysłannicy zakonu.

– Przepraszam panów za małe spóźnienie – tłumaczył się brudny i spocony. – Wybaczcie, ale nie zdążyłem wziąć prysznica.

Obu mężczyznom w czarnych, nieco dłuższych i świetnie skrojonych marynarkach ze stójką, nie drgnęła nawet powieka.

– Podobno ma pan dla nas jakąś ważną paczkę – rzekł beznamiętnym tonem jeden z nich. – Pański dziadek ją dla nas zostawił.

– Tak, przyrzekłem biedakowi, że ją oddam. A wola zmarłego jest dla mnie święta – Antonio łgał, udając wzruszenie. – Więc proszę, oto paczka – wyjął z szafki tekturowe pudełko i postawił je na biurku.

Cessna 172 Skyhawk
to niewielki, czteromiejscowy, jednosilnikowy, popularny samolot treningowy i turystyczny.

Podstawowe dane techniczne:
Napęd: Textron Lycoming IO-360-L2A
Moc: 160 KM
Wymiary:
– rozpiętość: 11,0 m
– długość: 8,28 m
– wysokość: 2,72 m
Powierzchnia nośna: 16,16 m^2
Masa:
– własna: 743 kg
– startowa: 1110 kg
Osiągi:
Prędkość maks. 163 kt (302 km/h) na poziomie morza
Prędkość przelotowa: 122 kt (226 km/h) na wysokości 8 000 ft i przy 75% mocy
Prędkość minimalna: 47 kt (87 km/h)
Prędkość wznoszenia: 721 ft/min (3,6 m/s)

Choć miał za sobą wiele szemranych interesów, a ten mógł przynieść mu majątek, ku jemu własnemu zaskoczeniu, zaczął się czuć nieswojo przy tych dwóch nieznajomych. Jego brazylijska natura była zupełnym przeciwieństwem tych zimnokrwistych wysłanników zakonu. „Jakby kije od miotły połknęli" – przemknęło mu przez myśl.

Wyższy z mężczyzn wyciągnął z kieszonki szwajcarski scyzoryk i rozciął nim taśmę oklejającą pudełko. Następnie nałożył białe rękawiczki i ostrożnie ujął w dłonie stare dokumenty. Przyjrzał się im uważnie. Przez ułamek sekundy zdawał się być poruszony. Nie uszło to uwadze Silvy.

– Tak, to oryginał – orzekł przedstawiciel zakonu, który do tej pory nawet się nie przedstawił. – To wszystko, co pański dziadek zostawił? – wpatrywał się przenikliwym wzrokiem w twarz Antonia.

– Tak, to znaczy… nie – plątał się Brazylijczyk. – Przejdźmy panowie do interesów – podjął odważnie, choć zaczynał czuć, że coś w tej całej sprawie jest nie tak. – Nie wiem, w co wplątał się mój dziadek – zaczął ostrożnie – i chętnie oddałbym wam te dokumenty ot tak, z czystego serca, ale wiecie – chrząknął – ostatnio nie wiedzie mi się najlepiej w interesach, rozumiecie, światowy kryzys i tak dalej, ee… – szczerzył zęby w uśmiechu. – Dlatego jestem zmuszony zażądać pewnej kwoty za te pergaminy. Domyślam się, że są bardzo cenne – uniósł znacząco brwi.

– Ile pan chce? – zapytał drugi, milczący dotąd mężczyzna.

Nastąpiła pełna napięcia cisza.

Antonio otarł kropelki potu z czoła i wyrzucił w końcu jednym tchem:

– Milion dolarów! – sądził, że to za dużo za tych kilka kartek, ale uznał, że warto spróbować. Omal nie zakrztusił się własną śliną, gdy usłyszał odpowiedź:

– Dobrze.

Silva natychmiast pożałował, że nie zażądał jeszcze więcej. Chociaż już po chwili słowa nieznajomych otrzeźwiły go nieco.

– Zapłacimy, gdy dostarczy pan brakujący dokument – usłyszał.

– Ale, ale… skąd wiecie, że coś jeszcze jest? – Antonio zupełnie stracił rezon. Do tej pory to on grał rolę bezwzględnego biznesmena, który rozdaje karty. A tu nagle spotyka dwóch facetów, którzy mają go za nic. Co gorsze, zaczyna się ich bać. Skąd u licha wiedzieli, że w paczce było coś jeszcze? Przecież nikomu o tym nie mówił! Mapę zostawił w dżungli!

– Panie Silva, proszę z nami nie pogrywać – odparł z kpiącym uśmieszkiem wyższy z mężczyzn. – Dobrze wiemy, że była tu jeszcze mapa.

Antonio przełknął gorzką pigułkę. To nie tak miało być. To on miał szantażować tych gości. A tymczasem ci dwaj dyktowali warunki. Musiał coś z tym zrobić, musiał się postawić i przejąć inicjatywę!

– Jaką mam pewność, że dostanę forsę? – zapytał.

W odpowiedzi niższy mężczyzna otworzył swoją czarną walizeczkę pełną amerykańskich dolarów.

Antonio oblał się potem. Widok walizki wypełnionej po brzegi banknotami podziałał na niego motywująco. Ale wolał się jeszcze upewnić, z kim ma do czynienia.

– Nawet nie znam panów nazwisk – zaczął ostrożnie. – Jaką mam pewność, że dotrzymacie słowa?

– Nazywam się Walter Schneider – odezwał się wyższy mężczyzna. – A to Bertolt Weber – wskazał towarzysza. – Przyjdziemy po mapę jutro rano. Wtedy przekażemy panu pieniądze – rzekł Schneider, po czym zamknął walizkę, głośno trzaskając metalowym zamkiem szyfrowym. – A to zabieramy! – podał Weberowi tekturowe pudełko z resztą dokumentów.

Silva oblizał się jak pies na kości. Niedługo w dżungli zapadnie zmrok. Musiał jak najszybciej tam wrócić i zabrać menażkę dziadka. Dopiero teraz zdał sobie sprawę, jak nierozważny był to czyn. Zostawić tak cenną rzecz, za którą od ręki zapłacą mu milion dolarów, w rękach jakiegoś Indianina.

Dwaj wysłannicy zakonu opuścili jego biuro bez słowa pożegnania.

Antonio natychmiast zaczął szykować się do drogi. Był pewien, że noc zastanie go w dżungli, ale nie miał wyboru.

– Luiz, szykuj mój samolot! – warknął do słuchawki telefonu. Jak dobrze, że zrobił niegdyś licencję pilota. Mógł latać gdzie chciał i kiedy chciał, bez ceregieli i zbędnych świadków. Miał nadzieję, że zdąży dostarczyć tym facetom mapę, zanim się rozmyślą. Zabrali mu przecież resztę pergaminów i nie zapłacili. Antonio po prostu musiał przywieźć mapę z powrotem do Rio.

Rozdział V

Powrót

12 lipca, godzina 7:00

*Wszyscy jeszcze śpią, ale ja już nie mogę wytrzymać w łóżku.
Dziś są moje urodziny! Skończyłam dziewięć lat!
Po południu będzie przyjęcie i tort. Przyjdzie babcia Aniela
i dziadek Paweł. Mary Jane pomoże mi udekorować pokój gościnny,
a Jim i Martin nadmuchają baloniki.
Chyba widziałam schowane w szafie prezenty!*

Och, kiedy oni wreszcie wstaną?!

          Ania

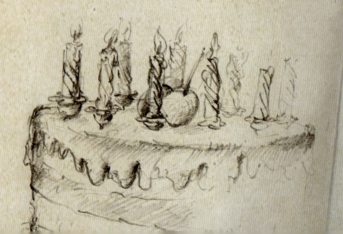

W chwili, gdy Ania robiła zapiski w Kronice Archeo, koło domu przy ulicy Kasztanowej 15 zatrzymała się taksówka. Wysiadła z niej panna Ofelia Łyczko. Kierowca pomógł jej zataszczyć do mieszkania ciężkie bagaże. Turkot walizek niósł się daleko po pustej jeszcze o tej porze uliczce.

Jasne spodnie panny Ofelii, żakiet i bluzeczka były nienagannie wyprasowane, a jej włosy idealnie uczesane. O tym, że wracała z górskiej wędrówki, świadczyła jedynie opalona cera i niedostrzegalne niemal zmęczenie w kącikach oczu.

Zapłaciła taksówkarzowi i otworzyła drzwi.

– Witaj, domku! – powiedziała półgłosem i już minutkę później z westchnieniem ulgi usiadła w fotelu.

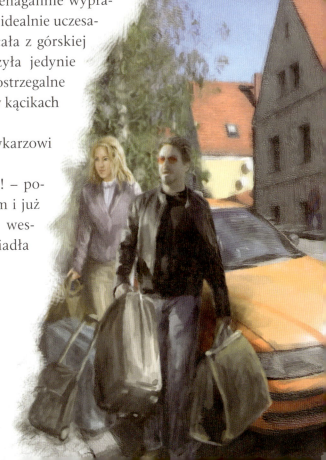

Rozdział VI

Żegnaj, menażko!

Antonio Silva miał wrażenie, że zaraz eksploduje z wściekłości. Umorusany, głodny, pokąsany przez krwiożercze mrówki, na które natknął się w ciemnościach tropikalnego lasu, omal nie przypłacił życiem tej wyprawy po swoje złote runo, jakim stała się dla niego wojskowa menażka dziadka.

Kiedy wreszcie dotarł do wioski Indian Kalapalo, plemię przywitało go wrogo. Wojownicy, którzy czuwali nawet w nocy, nie pozwolili mu zbliżyć się do chat.

– Muszę porozmawiać z wodzem! Byłem tu przecież wczoraj! – tłumaczył wojownikom, ale oni zachowywali się tak, jakby w ogóle go nie znali i nigdy nie widzieli. – Mam dla wodza prezenty – spróbował podstępu.

Lecz Indianie byli niewzruszeni.

– Powiedzcie mu, że przybył Antonio Silva! – wypowiedział swoje nazwisko takim tonem, jakby sam jego dźwięk otwierał co najmniej wrota Sezamu.

Na Kalapalo to jednak nie wywarło żadnego wrażenia. Ale najwidoczniej mieli już dosyć tego człowieka, dlatego wysłali posłańca do wioski. Nie minęło nawet pięć minut, gdy powrócił z odpowiedzią dla Antonia:

– Wódz nie ma już blaszanego pudełka z duchami – powiedział posłaniec.

Silva nakłamał wcześniej Indianom, że w menażce znajdują się złe duchy, które znalazł w dżungli, zamknął je w tym metalowym naczyniu i jak puszkę Pandory, zabronił otwierać. Był pewien, że Indianie nie otworzą menażki aż do jego przybycia. A tu nagle dowiaduje się, że jego skarb przepadł! Jego drogocenna menażka zniknęła!

– Jak to jej nie ma?! – wrzasnął.

– Wódz ją komuś podarował – rzekł ze stoickim spokojem posłaniec. – Twoje duchy sprowadziły chorobę na jego żonę! Więc podarował komuś blaszane pudełko ze złymi duchami.

– Jak to podarował?! – Tego już było Silvie za wiele. – Jak mógł komuś podarować moją własność! – ryknął ze złością. – Wódz miał ją przecież tylko przechować przez jakiś czas!

– Przechował – odparł krótko Indianin. – A potem podarował – dodał zwięźle.

Antonio bezsilnie zacisnął pięści. Przez krótką chwilę miał ochotę wyciągnąć broń i strzelać, ale groźne twarze wojowników i ich błyskające w ciemnościach białka oczu nie pozostawiały złudzeń – Indianie nie pozostaliby mu dłużni! Chociaż nie mógł ich wszystkich zobaczyć, wiedział, że trzymają go na muszce. W każdej chwili mogą wypuścić w jego stronę kilkanaście zatrutych strzał i na pewno nie chybią, bo znacznie lepiej widzą w ciemnościach niż on. W związku z tym Antonio porzucił myśl o strzelaniu, nie miał przecież żadnego wsparcia. Jak mógł być tak głupi i dać im tę menażkę! Indianie mają zupełnie inne poczucie czasu. Dla nich pojęcie „na jakiś czas" mogło oznaczać kilka dni, parę tygodni, miesięcy albo… parę chwil!

Silva musiał przyjąć inną strategię.

– Komu wódz podarował naczynie z duchami? – zapytał już spokojnym i przymilnym głosem.

– Białej szamance. Ona wyleczyła jego żonę i pokonała twoje złe duchy. Dlatego wódz dał jej naczynie – posłaniec powiedział z nabożną czcią. – To musi być wielka szamanka! – dodał z podziwem.

– Biała szamanka? – Antonio w żaden sposób nie mógł powiązać ze sobą informacji.

– Co znaczy, że była biała? Miała białe ubranie? – dopytywał.

– Nie – Indianin pokręcił przecząco głową.

– No to co miała białego?

– Skórę.

– Skórę? – Silva powtórzył jak echo. – Więc to była biała kobieta, tak? Lekarka?

– Nie lekarka, szamanka!

Antonio czuł, że za chwilkę dostanie rozstrojenia nerwów.

– A gdzie ona teraz jest? – zapytał.

– Poszła.

– Gdzie poszła? – wściekłość dusiła Silvę w gardle.

– Tam! – Indianin wykonał nieokreślony ruch ręką.

I to był koniec spotkania.

Wojownicy rozpłynęli się w mroku. Antonio wiedział jednak, że ich mordercze strzały nadal wymierzone są w jego piersi.

– Muszę odnaleźć tę głupią szamankę – mruczał ze złością.

Co teraz powie tym dwóm z Wiednia? Jeżeli nie odnajdzie szybko tej kobiety, jego milion dolarów rozpłynie się jak poranna mgła. A ten Schneider i jego małomówny koleś nie wyglądali na skorych do żartów. Nie uwierzą mu przecież, że średniowieczną mapę zabrała jakaś biała szamanka!

Trapiła go też inna myśl.

Jak cenne mogły być te dokumenty i mapa, skoro ci faceci obiecali mu milion dolców bez mrugnięcie okiem? Ile jeszcze mogli mu zapłacić? A może ta mapa wskazuje coś jeszcze cenniejszego? Jakiś skarb wart wiele milionów?

– W takim razie muszę zażądać więcej! Albo… mógłbym sam odnaleźć ten skarb! – Antonio doznał olśnienia, idąc przez mroczną dżunglę. – Ona musi gdzieś tu być! – Silva miał na myśli białą szamankę. – O ile wcześniej nie zżarły jej mrówki! – zarechotał. – Jeśli tak, to mam nadzieję, że chociaż menażka ocalała – mruknął, i nie zwlekając, ruszył na poszukiwanie tajemniczej kobiety.

Z Kronik Archeo

12 lipca, godzina 21:00

To były moje najfajniejsze urodziny!
Nawet panna Ofelia wróciła ze swojej górskiej wycieczki i zdążyła przyjść na przyjęcie. I wcale na nas nie fukała. Była bardzo miła i dała mi śliczny bukiecik kwiatów.
Dostałam furę prezentów! Mary Jane, Jim i Martin dali mi piękny album z najnowszymi zdjęciami wszechświata, bo astronomia to moja najnowsza pasja. Skakałam z radości, gdy rodzice wręczyli mi wymarzony teleskop!!! Będę mogła zobaczyć przez niego powierzchnię Księżyca i pierścienie Saturna!
Czekamy teraz aż się całkiem ściemni, żeby go wypróbować. Niebo jest bezchmurne, więc powinno nam się udać.

Ania

Rozdział VII

Klucz do zagadki

Nazajutrz po przyjęciu urodzinowym, Ostrowscy wraz z panną Ofelią i Gardnerami udali się na zamek wujka Ryszarda. Kasztelan oprowadzał wszystkich po zamkowych komnatach i opowiadał barwnie o ostatnich pracach konserwatorskich oraz o nowych nabytkach Muzeum Regionalnego, którego był dyrektorem. Mary Jane z wielkim zainteresowaniem obejrzała, wyeksponowane w specjalnej gablotce, pamiątki z wielu podróży i wypraw archeologicznych przywiezione przez Bartka, Anię oraz ich rodziców.

– Musicie koniecznie jeszcze zobaczyć piękną mozaikę, którą udało się nam zrekonstruować w sali kominkowej – wujek Ryszard mówił z zapałem. – Ofelio, ty również! – zwrócił się do panny Łyczko, którą tego dnia wyjątkowo adorował. Nie mógł ukryć szczęścia na widok bibliotekarki, której nie było w Zalesiu Królewskim przez kilka tygodni.

– Czy wasz wujek nie jest przypadkiem zakochany w Ofelii? – Mary Jane nic nie mogło umknąć.

– Ale ona w nim chyba nie – Ania bezradnie rozłożyła ręce.

Panna Łyczko rzeczywiście była odrobinę zamyślona i jakby nieobecna. Mechanicznie przytakiwała na wszystko, co się do niej mówiło.

– Jest taka, odkąd wróciła z wycieczki – zauważył Jim.

– Dajcie spokój pannie Ofelii, pewnie jest zmęczona podróżą – odezwał się Bartek.

– A może powinniśmy ich zeswatać? – Mary Jane nadal snuła romantyczne fantazje. – Byłaby z nich idealna para!

– A ty, co? Wróżka jesteś? – Martin spojrzał na siostrę kpiąco.

Mary Jane wzruszyła ramionami.

– Wujku, czy możemy sami pochodzić po zamku? – Bartek zwrócił się do Kasztelana, który nadal zajęty był rozmową z rodzicami dzieci. Mógłby godzinami rozprawiać o tej nowej mozaice.

– Tak, oczywiście – wujek widział, że dzieciaki zaczynają się nudzić. – My pójdziemy do sali kominkowej, a potem do mojej kancelarii – wskazał na dorosłych. – A wy poszwendajcie się po zamku. Tylko uważajcie na ducha białej damy! – przestrzegł z tajemniczym uśmieszkiem.

– O jakiego ducha mu chodziło? – wyjąkał Jim.

– Jest taka legenda o białej damie, ale możecie być spokojni. Ona ukazuje się tylko w bezksiężycowe noce – wyjaśniła Ania.

– Co za ulga – odetchnął Martin.

– Chcecie zobaczyć, gdzie Kasztelan odnalazł w zeszłym roku pergamin mówiący o tym zaginionym relikwiarzu Hermana von Salzy? – zagadnął Bartek, gdy już odłączyli się od rodziców.

– Jeszcze się pytasz?! – oczy Mary Jane zabłysły.

Przyjaciele przebiegli przez dzieciniec. Zwiedzających o tej porze było już niewielu, ponieważ zbliżała się pora zamknięcia muzeum zamkowego. Bartek mógł zatem pokazać najbardziej tajemnicze i mroczne zakamarki twierdzy. Zabrał wszystkich do skrzydła południowego, które było niedostępne dla turystów. Ta część zamku wciąż czekała na renowację. W obszernej sali, do której weszli, nie było pięknych malowideł, a resztki tynków odpadały ze ścian.

– Co tutaj było? – zapytała Mary Jane, rozglądając się wokół. Jedyną ozdobą tego pomieszczenia były trzy zbroje i niewielka stara szafa. Zamiast kunsztownego sklepienia, Mary Jane zobaczyła nad głową betonowe płyty tworzące sufit. Cztery wysokie okna umieszczone w grubym murze po prawej stronie wpuszczały mnóstwo światła i rozświetlały to nieco przygnębiające miejsce. „Jeśli duch białej damy mieszka w tym zamczysku, to na pewno tutaj" – pomyślała.

– Na razie przeznaczenie tej sali nie jest znane – Bartek odpowiedział na pytanie Mary Jane.

– Gdzie był pergamin? – niecierpliwił się Jim.

– W tajnej skrytce. Musimy wejść tędy – Bartek wskazał starą szafę z rzeźbionymi drzwiczkami.

– Przez szafę? – Mary Jane poczuła, że Bartek z niej żartuje.

– W pewnym sensie – uśmiechnął się. – Musimy ją trochę przesunąć. Wejście znajduje się za nią. Pomożecie mi? – Bartek podwinął rękawy.

Jim i Martin ruszyli z pomocą. Zabytkowy mebel był nadspodziewanie ciężki i z wielkim wysiłkiem udało się go odstawić. Wówczas rzeczywiście w murze ukazały się dość wąskie, okute drzwi zakończone ostrym łukiem.

Bartek odsunął metalową zasuwę, która je zamykała i zaprosił przyjaciół do mrocznego wnętrza.

– Teraz uwaga! – zatrzymał się. – Tam, dokąd was prowadzę, możemy wejść tylko gęsiego. Włączcie latarki, ponieważ nie ma tu oświetlenia. Musicie iść bardzo ostrożnie. Trzymajcie się liny – wskazał gruby sznur przymocowany do ściany na wzór poręczy.

Ekipa badawcza uruchomiła latarki przemycone w torbach i plecakach.

– Dokąd nas prowadzisz? – Mary Jane była coraz bardziej podekscytowana. Stare zamczysko i sekretne przejście za szafą coraz bardziej działały na jej wyobraźnię.

– Dojdziemy tędy do ukrytej komnaty. O jej istnieniu nikt wcześniej nie wiedział. Te drzwi były zamurowane, aż natrafili na nie pracownicy podczas prac konserwatorskich. Przez przypadek odpadł w tym miejscu tynk, no i ukazały się te drzwi. Ukrytej komnaty nie wolno jeszcze zwiedzać, dlatego wejście zastawione jest tą szafą. To na wypadek, gdyby komuś, tak jak nam, przyszło to jednak do głowy – Bartek puścił oko.

– Dlaczego wejście było wcześniej zamurowane? – dopytywał się Martin.

– To jeszcze też nie zostało wyjaśnione – odparła Ania.

Mary Jane zajrzała przyjaciółce przez ramię, starając się zobaczyć, co kryje się za zamurowanymi jeszcze nie tak dawno drzwiami.

– Myślałam, że skrytka znajduje się w podziemiach! – zdziwiła się, widząc, że wbrew jej przewidywaniom, wąziutkie schody spiralnie pną się w górę, a ich szczyt ginie gdzieś w zupełnych ciemnościach. – Dokąd one prowadzą? – Mary Jane odeszła kilka kroków od drzwi i spojrzała w górę, na ściany zamku. W murze powyżej znajdowały się okna. Ponad nimi nie było już nic, żadnego dodatkowego piętra czy czegoś w rodzaju strychu. Zamiast dachu, mury okrywały proste betonowe płyty, które zabezpieczały wnętrze sali przed deszczem i wiatrem.

Dokąd zatem prowadziły te schody? Mary Jane nie mogła tego pojąć. Jim i Martin również nie potrafili zgłębić tej zagadki. Rodzeństwo Gardnerów ze skonsternowanymi minami patrzyło na dziwne schody, prowadzące nie wiadomo dokąd.

Bartek z Anią uśmiechali się, radzi z wrażenia, jakie wywarli na przyjaciołach.

– To co, jesteście gotowi na spacer w nieznane? – zażartował Bartek.

– Jasne! – wszyscy zgodnie zakrzyknęli.

– W takim razie, ruszajmy! – Bartek wszedł pierwszy.

Przyjaciele wolno i z wielką ostrożnością zaczęli się wspinać po spiralnych schodkach.

– Daleko jeszcze? – jęknął Jim. – Wchodzimy i wchodzimy, a końca tych schodów nie widać! Gdzie my wyjdziemy, w niebie?

– Weszliśmy już chyba na trzecie piętro i ciągle nic – Mary Jane również czuła się zdezorientowana i zawieszona w jakiejś dziwnej próżni. Domyślała się, że są już bardzo wysoko, ale gdzie? Dobrze wiedziała, że po drugiej stronie tego muru jest tylko dziedziniec. – Gdzie my jesteśmy do licha?

– Wewnątrz murów – wyjaśnił Bartek. – Mur jest na tyle szeroki, że zbudowano w nim te schody i korytarz, który zaraz zobaczycie.

I rzeczywiście, zgodnie z zapowiedzią Bartka, schody skończyły się i wszyscy znaleźli się w ciasnym korytarzu, który biegł teraz wzdłuż muru ponad oknami. Obiegał całą budowlę i kończył się kolejnymi drzwiami, malutkimi i wąskimi.

Prowadziły one do małej komnaty. Było w niej akurat tyle miejsca, żeby zmieścił się w niej kufer, stolik i krzesło.

– Ależ tu ciasno! – stwierdziła Mary Jane. Piątka przyjaciół nie miała za wiele swobody.

– To właśnie w tej komnacie ukryty był pergamin – rzekł Bartek.

– W tym kufrze? – Mary Jane intuicyjnie podeszła do kufra stojącego pod ścianą.

– A właśnie, że nie! – zaprzeczyła Ania, dumna, że ona też ma coś na ten temat do powiedzenia. Weszła na krzesło, które niebezpiecznie zatrzeszczało i obluzowała jedną z cegieł w niszy przypominającej otwór strzelniczy. – To tutaj był dokument! – oznajmiła.

Pod cegłą ukazała się niewielka pusta przestrzeń, w której schowany był wcześniej pergamin.

– Ktoś zadał sobie wiele trudu, żeby go ukryć! – zauważyła Mary Jane. – Czy ci ludzie z zakonu tutaj też byli? Kasztelan pokazywał im tę komnatę?

– Nie, wujek ich tutaj nie przyprowadził, bo pytali o dokument, zanim Kasztelan go znalazł. A potem, po odkryciu tajnego wejścia, korytarza i tego wszystkiego – Bartek zrobił szeroki gest ręką – nikt więcej z Wiednia już się nie pojawił. Choć wiadomość o odkryciu tej tajemnej komnaty gruchnęła po całej Polsce.

– Jesteś pewien, że nie było tu niczego więcej oprócz tego pergaminu? Może i sam relikwiarz gdzieś tutaj jest! – Mary Jane z nadzieją zaglądała do kufra.

– To raczej niemożliwe – Ania pokręciła przecząco głową. – Nasi rodzice razem z wujkiem osobiście sprawdzali nawet mury, a my im pomagaliśmy. Wszyscy mieli nadzieję na wielką sensację, ale niestety, relikwiarza nie znaleźliśmy. Może tak naprawdę on nie istnieje, może to tylko legenda.

– Nie byłabym tego taka pewna – Mary Jane odparła. – Po tym, co mi pokazaliście, jestem przekonana, że wpadliśmy na właściwy trop. Relikwiarz gdzieś musi tutaj być – Mary Jane chodziła po komnacie z miną detektywa.

– Wy sobie szukajcie, a ja trochę odpocznę. Bolą mnie nogi – kwękał Jim, po czym z rozmachem usiadł na stoliku, zamiast na krześle. Nie przewidział tylko, jak kruche było kilkusetletnie drewno. Rozległ się suchy trzask i Jim wylądował na zimnej posadzce.

– Ehe, ehe! – kasłał, spowity w chmurkę kurzu.

– Coś ty narobił?! – wrzasnęła na niego Mary Jane. – Zniszczyłeś oryginalny eksponat! Przetrwał tu kilka setek lat, a ty obróciłeś go w pył w ciągu kilku sekund!

– Nie krzycz na niego, przecież nie zrobił tego specjalnie! – Martin stanął w obronie brata. Podał mu rękę i pomógł pozbierać się z podłogi.

Bartek już otworzył usta, aby również zbesztać Jima, gdy Ania uprzedziła go okrzykiem:

– Patrzcie, coś wypadło!

Podniosła przełamaną na pół nogę stolika, ukazując jej wydrążone wnętrze. W środku tkwił jakiś przedmiot. Bartek przejął od siostry znalezisko. Z wnętrza drewnianej nogi wyjął mosiężny walec ozdobiony roślinnymi ornamentami wykonanymi z niezwykłym kunsztem.

– Co to takiego? – wszyscy skupili się przy Bartku.

Każdy chciał dotknąć przedmiotu i sprawdzić, do czego mógł służyć.

– Wygląda mi na wschodnią robotę – ocenił Bartek.

– To arabskie zdobnictwo – wtrąciła Mary Jane, podziwiając wspaniałe arabeski pokrywające walec.

– Coś chyba jest w środku – Ania potrząsała znaleziskiem przy uchu.

– Daj, otworzę, w końcu ja to znalazłem – Jim z niecierpliwością wyrywał przedmiot z rąk Ani.

– Dlaczego ty? – zaoponował Martin. – Dajcie to mnie – domagał się.

– Hola, chłopaki, uważajcie! – Bartek zawołał, ale było już za późno. Mosiężny walec wymsknął się Jimowi z rąk i z brzękiem potoczył po podłodze.

– No i widzicie, coście narobili?! – Mary Jane była wściekła. Jej bracia byli tego dnia nieznośni. Podeszła do niezwykłego przedmiotu, który zatrzymał się przy kufrze i podniosła go z ziemi.

– O rany, spójrzcie! – w jednej chwili twarz Mary Jane się rozpromieniła.

Na skutek upadku musiał się włączyć jakiś ukryty przycisk, bo wieczko walca odskoczyło.

– A niech mnie! – Bartek wykrzyknął, gdy Mary Jane wyciągnęła z niego przedziwny klucz. Miał ozdobną główkę z gryfem w królewskiej koronie i cały opleciony był misternie kutym pnączem winorośli.

– Do czego ten klucz? – zdumiała się Ania.

– Jak to, do czego? Do skarbu! – Jim oświadczył z dumną miną. – Do jakiegoś wielkiego skarbu!

– Całkiem możliwe – mruknęła Mary Jane.

– Może w tej sprawie chodzi nie tylko o relikwiarz? – Bartek głośno rozmyślał.

– Ktoś ukrył pergamin i ten klucz. Chyba nie wysilałby się tak bardzo, gdyby chodziło o zwykły relikwiarz – Martin dodał.

– Nie zapominajmy, że w tamtych czasach relikwie miały ogromną wartość! Może relikwiarz Hermana von Salzy był na tyle cenny, że warto było podjąć te wszystkie kroki ostrożności, żeby nie wpadł w niepowołane ręce? Myślę, że kryje on w sobie jakąś zagadkę – Mary Jane analizowała różne informacje.

– Żeby się o tym przekonać, musimy go odnaleźć – rzekła Ania.

– Hej, tu jest coś jeszcze! – Martin podniósł z podłogi malutką, kwadratową kostkę terakotowej mozaiki.

– To chyba także wypadło z tego osobliwego futerału – Mary Jane odwróciła go do góry dnem, sprawdzając, czy na pewno nic więcej w nim nie ma.

– Do czego jest ta kostka? – Ania obracała ją w palcach. – Tu jest jakiś symbol! Jakiś ptak! – wykrzyknęła z przejęciem.

– Pelikan! – odgadł Bartek.

– Klucz i kostka z pelikanem. Ale rebus! – Jim drapał się po głowie. – Wiecie, jak to połączyć?

– Nie mam bladego pojęcia – odrzekł Bartek. – Muszę jeszcze raz dokładnie przestudiować pergamin. Widziałem go jakiś czas temu, ale nie zauważyłem w nim wtedy istotnych wskazówek. Może teraz ten dokument powie nam coś więcej, chodźmy – Bartek machnął ręką. – I musimy powiedzieć wujkowi o tych zniszczeniach – westchnął, kierując wzrok na połamany, średniowieczny stolik.

Jim zbladł. Wiedział, że czeka go niezła awantura i nawet, jeśli Kasztelan mu wybaczy, to rodzice dadzą mu szlaban na wszystko, i to do końca świata. Na osłodę pomyślał sobie o dziwnej kostce i kluczu z główką gryfa, który zdaje się być zapowiedzią wielu przygód. Jim był tego najzupełniej pewien. Nie przyszło mu jednak do głowy, że ów klucz uruchomił niezwykły ciąg zdarzeń na długo przed tym, jak on usiadł na stoliku...

Rozdział VIII

Pierwsze ostrzeżenie

– Jest tam ktoś? Pomocy!! – Mary Jane uderzała dłonią w drzwi.

– Jak to się mogło stać? – pytała Ania ze łzami w oczach. – Kto nas tutaj zamknął?

Kiedy przyjaciele zeszli z tajemnej komnaty, zastali zamknięte na głucho drzwi wyjściowe. W żaden sposób nie dało się ich otworzyć.

– A jeśli ktoś zastawił je tą starą szafą? Przecież nikt nas wtedy nie znajdzie w tych murach! – Jim miał ochotę się rozryczeć.

– Zróbmy coś, bo nie mam zamiaru spędzać w tym zamczysku nocy! – zaprotestował Martin. – Tutaj jest chłodno i chce mi się pić!
– Co tam pić! A mnie się chce do kibelka! – wrzasnął Jim. – Już nie mogę! – przestępował nerwowo z nogi na nogę.
Mary Jane jęknęła.
– Kto nam mógł wykręcić taki numer? – złościła się.
– Nie wiem – odrzekł Bartek. – Lepiej zawołajmy jeszcze raz. Jest szansa, że ktoś nas usłyszy. Mam nadzieję, że to tylko przeciąg zatrzasnął drzwi i nikt nie zamknął ich na zasuwę – mruknął.
– Pomocy! Ratunku! Tu jesteśmy! – dzieci krzyczały ze zdwojoną energią. Nagle po drugiej stronie rozległo się szuranie.
– Cicho! – zarządziła Ania. – Coś słyszę! – Przyłożyła ucho do chłodnego drewna i nasłuchiwała. – Tam ktoś jest! – zawołała. – Tu jesteśmy! – załomotała głośno.
Minęła jeszcze jedna nieznośnie długa minuta i drzwi wreszcie się otworzyły.
– Na miłość boską, co wy tutaj robicie?! – spytała panna Ofelia z wystraszoną miną, gdy ujrzała wylęknione twarze dzieci.
– Bartek pokazywał nam tajną komnatę i drzwi się chyba zatrzasnęły – tłumaczyła pośpiesznie Mary Jane.
– Zatrzasnęły? – panna Łyczko mierzyła dzieciaki badawczym wzrokiem.
– Widocznie był przeciąg – włączyła się do rozmowy Ania. Nie chciała, żeby brat dostał burę za pokazywanie komnaty, która wcale nie była udostępniona dla zwiedzających.

– Ależ moi drodzy, cóż to musiałby być za przeciąg, żeby jeszcze założył zasuwę! – prychnęła panna Ofelia.

– Nie rozumiem – powiedziała wolno Mary Jane, przypatrując się uważnie zasuwie, jakby mogła zdradzić, kto przy niej majstrował.

– Ale kto mógł to zrobić? Ktoś chciał nas uwięzić? – Ania pobladła.

Przyjaciele wymienili pytające spojrzenia.

Panna Ofelia rozejrzała się wokół, poszła nawet do sąsiednich sal zamkowych, lecz winny tego incydentu przepadł bez śladu.

Z Kronik Archeo

W korytarzu, ukrytym w murze naszego zamku, spędziliśmy prawdziwe chwile grozy. Najpierw dokonaliśmy niezwykłego odkrycia w tajnej komnacie, ale potem okazało się, że ktoś nas zamknął i nie mogliśmy wyjść na zewnątrz. To było okropne!

Uratowała nas panna Ofelia. Powiedziała, że tknęło ją jakieś złe przeczucie i dlatego odłączyła się od rodziców, którzy razem z wujkiem Ryszardem i Gardnerami zacięcie omawiali jakieś archeologiczne sprawy. Wszędzie nas szukała. Dopiero, gdy usłyszała nasze wołanie dobiegające z wnętrza zamkowych ścian, domyśliła się, gdzie możemy się znajdować.

Kasztelanowi nie udało się ustalić, kto zamknął za nami drzwi. Wujek przeprowadził nawet małe dochodzenie wśród pracowników zamku, ale okazało się, że nikt nie miał z tym zdarzeniem nic wspólnego.

My jednak rozpoczęliśmy własne śledztwo i wpadliśmy

na pewien interesujący trop. Podobno ktoś w okolicy widział czarne BMW z austriacką rejestracją. W sumie to nic nie znaczy, ale my uważamy, że to wszystko jakoś się ze sobą łączy. Najpierw w tajemnej komnacie odkrywamy klucz z główką gryfa, kawałek mozaiki z pelikanem, zaraz potem ktoś nas zamyka, a w pobliżu jeździ austriacki samochód!

Uważam, że sprawa relikwiarza nie została zamknięta, a wysłannicy zakonu powrócili. A może czekali na jakiś specjalny moment?

Na razie o wynikach naszego dochodzenia nie powiedzieliśmy rodzicom. I tak dostało się nam za zniszczenie stolika. Zamierzamy sami zająć się dyskretnie zaginionym relikwiarzem Wielkiego Mistrza.

Bartek

Rozdział IX
Co tu się dzieje?

Dwa dni później wujek Ryszard powitał młodych Ostrowskich i Gardnerów wchodzących do zamku.
– Czołem, dzieciaki! Znowu szukacie mocnych wrażeń? – w jego głosie brzmiała lekka nagana.
– Nie, nie! – roześmiała się Ania. – Wujku, skąd mieliśmy wiedzieć, że ktoś nas wtedy zamknie?
– Rzeczywiście, dosyć głupi kawał, choć równie dobrze mógł to być czysty przypadek – Kasztelan mówił zatroskany. – A swoją drogą, Bartku, nie powinieneś bez mojej wiedzy i zgody oprowadzać wycieczek po tajnej komnacie – wujek spojrzał karcąco na bratanka. – Przecież tam nawet nie ma jeszcze zainstalowanego oświetlenia, to się mogło źle dla was skończyć!
– Bartek nie mógł przewidzieć, że ktoś nas tam zamknie – Mary Jane ujęła się za przyjacielem.
– Przepraszam was za ten incydent! – Kasztelan przygarnął wszystkie dzieciaki do siebie. – Nie mogę sobie darować, że to wydarzyło się na moim zamku. Lepiej wcześniej informujcie mnie, co zamierzacie tutaj robić – poprosił.
Ania zrobiła przymilną minkę.
– Na razie chcielibyśmy zobaczyć tylko ten pergamin, który mówi o relikwiarzu Wielkiego Mistrza – zatrzepotała rzęsami i wpatrzyła się swoimi niebieskimi oczętami w wujka.

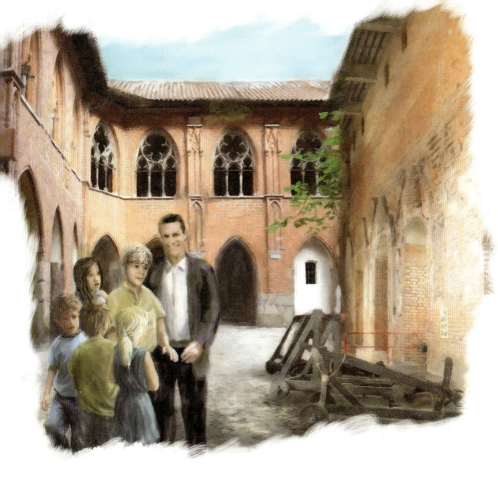

Kasztelan uwielbiał swoją bratanicę i trudno mu było jej czegokolwiek odmówić.

– A wy nadal drążycie ten temat? – wujek popatrzył na dzieci pobłażliwie.

Ania z Mary Jane uśmiechnęły się promiennie.

– Widzę, że i tak was nie przekonam, żebyście zajęli się czymś innym – wujek Ryszard wreszcie się poddał. – Chodźcie do archiwum, pokażę wam ten dokument. Ale potem zajmiecie się czymś pożytecznym, zgoda?

– Jak bum-cyk-cyk! Bartek będzie nam opowiadał o średniowieczu – zapewnił Jim. Doskonale wiedział, że Kasztelan uwielbia tę epokę.

Jimowi udało się uśpić czujność Kasztelana. Wujek był ogromnie zadowolony, że dzieci chcą zgłębiać sekrety historii, więc z uśmiechem zaprowadził je do archiwum.

Mieściło się ono w jednym z zamkowych pomieszczeń, specjalnie zaadaptowanym do tego celu. W przeszkolonych gablotach leżało kilka grubych ksiąg i trochę dokumentów. Jednak ten, na którym najbardziej zależało dzieciom, schowany był w szafie. Kasztelan sprawdził najpierw w katalogu sygnaturę poszukiwanego pergaminu. Potem podszedł do właściwej szafki pełnej szuflad. Jim i Martin stali za jego plecami i w napięciu śledzili każdy ruch wujka. On pochylił się nad jedną z wysuniętych szuflad i w tej pozycji zamarł...

– Twój wujek chyba się zawiesił – Jim szepnął do Bartka.

Zgięty w pół wujek Ryszard trwał w tej pozycji jeszcze parę sekund.

– Coś się stało? – Ania podeszła do niego.

Kasztelan wolno odwrócił się w stronę dzieci. Był blady jak ściana, a głos mu drżał:

– To niemożliwe! Jak to mogło się stać?

– Ale co? – Bartek przyskoczył do wujka.

– Dokument... – wykrztusił.

Bartek, wiedziony złym przeczuciem, zajrzał do szuflady.

Manuskrypt:
książka napisana ręcznie, rękopis. Współcześnie manuskrypt to potoczna nazwa tekstu autorskiego przygotowanego do druku.

Na jej dnie nie było nic!

– Zniknął – szepnęła Ania.

Wujek nagle ocknął się.

– To przecież niemożliwe, żeby zniknął! – zakrzyknął. – Musi gdzieś tu być!

Kasztelan biegał i zaglądał do każdej szuflady.

Młodzi Gardnerowie i Ostrowscy wymienili zaniepokojone spojrzenia.

– Pomożemy ci szukać – zaproponowała Ania.

– Nie, nie, dzieci. Sam go poszukam – odparł wujek pochłonięty przeszukiwaniem archiwum. – Przez przypadek mógłby się uszkodzić jakiś inny cenny manuskrypt – mówił jakby do siebie.

– W takim razie nie będziemy ci przeszkadzać – powiedział Bartek i przyjaciele wyszli z archiwum.

– Ktoś go ukradł! – szepnęła Mary Jane, gdy znaleźli się na dziedzińcu zalanym ciepłym, słonecznym blaskiem.

– Co tu się właściwie dzieje?

Na pytanie Ani nikt na razie nie znalazł odpowiedzi.

Rozdział X
Historia zatacza koło

Tak jak się spodziewaliśmy, pergamin skradziony z zamkowego archiwum, nie odnalazł się. Wujek powiadomił o kradzieży policję. Nie znaleziono jednak śladów włamania. Kasztelan zachodzi w głowę, jak to możliwe i kto jest sprawcą. Kolejna zagadka do rozwiązania!

Za kilka dni rozpoczyna się trzydniowy turniej rycerski. Razem z Mary Jane, Jimem i Martinem będziemy kibicować Bartkowi podczas turnieju. Jego Bractwo Rycerskie „Ekskalibur" wystąpi w najsilniejszym składzie. Mojemu bratu zagrozić może podobno jakiś chłopak z Niemiec. Mówią, że świetnie jeździ konno. Ale ja uważam, że Bartek i tak jest najlepszy!

Mary Jane i ja również wystąpimy w jednej konkurencji – będziemy strzelać z łuku.

Ania

Kiedy Ania pisała te słowa, Antonio Silva z pokładu samolotu pasażerskiego lecącego do Europy, patrzył na niknącą w dole stolicę Brazylii. Po chwili nie było widać już nic, prócz puchatych chmur. Pedro Motta, którego Silva zabrał w tę podróż, zapadł w głęboki sen jeszcze zanim samolot wystartował. Antonio też chętnie by się zdrzemnął, ponieważ od kilku dni nie zmrużył oka. Sen z powiek spędzała mu groźba Waltera Schneidera. Po tym, jak dowiedział się, że mapa przepadła, postawił Silvie ultimatum: albo odzyska mapę i dostarczy ją zakonowi, i wtedy dostanie kasę, albo wszyscy dowiedzą się o jego szemranych interesach.

Antonio nie miał powodu, by nie uwierzyć w tę groźbę. Ci ludzie okazali się bardziej bezwzględni niż on! Wiedzieli o jego nielegalnych kopalniach złota i o wielu innych sprawach. Silva musiał użyć wszystkich swoich wpływów, żeby wytropić kobietę, która zwędziła mu mapę sprzed nosa. Problem w tym, że mieszkała na innym kontynencie, w mało znanym mu kraju.

Pochodziła z państwa, z którego jego dziadek bardzo dawno temu wywiózł paczkę z tymi przeklętymi średniowiecznymi manuskryptami. Historia zatoczyła koło i wnuk Ottona Grundmana za kilkanaście godzin miał stanąć na płycie lotniska w Polsce...

Z Kronik Archeo

W Egipcie wybuchły jakieś zamieszki. Wiele zabytków jest zagrożonych i nawet skradziono część cennych eksponatów z Muzeum Kairskiego! Sir Edmund Gardner jako egiptolog nie może tego przeboleć. Razem z panią Melindą lecą do Anglii, żeby dowiedzieć się czegoś więcej na ten temat. A potem być może wyruszą do Egiptu, wspomóc tamtejszych archeologów w ratowaniu zabytków.

Cieszę się, że nasi rodzice nie wyjeżdżają. Dzięki temu, Mary Jane, Jim i Martin zostają u nas dodatkowe dwa tygodnie! Jupi!

Wielki Turniej Rycerski jest tuż-tuż!

Ania

Rozdział XI

Fastrygi

– Och, jaka ładna! – ucieszyła się Mary Jane, gdy babcia Aniela, matka pana Adama Ostrowskiego, pokazała zieloną, długą suknię uszytą specjalnie dla niej. Miała ona średniowieczny krój, a jej szerokie rękawy obszyte były złotą lamówką.

– Ostatnia przymiarka i będzie gotowa – babcia Ani pomagała Mary Jane włożyć sukienkę, która w kilku miejscach była jeszcze pofastrygowana.

wełniane skarpety
przypinane rękawy
lniana koszula
wełniana sukienka
drewniane chodaki
skórzane trzewiki
skórzana sakiewka

– Ja mam podobną, tyle że niebieską! – pochwaliła się Ania i wyciągnęła z szafy swoją kreację na Wielki Turniej Rycerski.

– Pójdziemy tak ubrane? – Mary Jane miała lekką tremę.

– Panna Ofelia również się przebierze. Zawsze tak robimy, gdy jest turniej. W takich strojach idziemy na zamek. Będzie super, zobaczysz! Już się nie mogę doczekać! – trajkotała Ania.

– Nigdy nie brałam udziału w takiej imprezie – Mary Jane wciąż podskakiwała podekscytowana, a babcia napominała ją, żeby była spokojna, bo właśnie upinała w fałdach sukienki szpilki.

– Uczeszemy wam pięknie włosy i będziecie wyglądały jak prawdziwe damy dworu – babcia Aniela popatrzyła z zadowoleniem na dziewczynki. Obie w swoich strojach prezentowały się doskonale. Babcia odsunęła się o dwa kroki, by lepiej widzieć, czy sukienka Mary Jane na pewno pasuje. – Leży jak ulał – oceniła. – Poprawię tylko tę jedną zaszewkę – wskazała palcem miejsce w talii dziewczynki, w którym tkanina za bardzo się marszczyła. – Wieczorem możecie przyjść po odbiór – powiedziała babcia.

Gdy przymiarka się skończyła, przyjaciółki zostały same w pokoju.

– Jak cię Bartek zobaczy w tej sukni, to padnie! – wypaliła nagle Ania.

Mary Jane zaczerwieniła się.

– Wcale mi nie zależy na tym, co powie Bartek – wymamrotała z zakłopotaniem.

Ania roześmiała się.

– Skoro moi rodzice już wyjechali, Bartek przygotowuje się teraz do turnieju, a Jim i Martin nie odstępują go na krok – Mary Jane wolała poruszyć inny temat – to może my w tym czasie zajmiemy się relikwiarzem?

– Dobry pomysł! – ucieszyła się Ania. – Chłopcy teraz w kółko gadają o koniach, mieczach i toporach. Ile można tego słuchać! – wzruszyła ramionami.

Obie usiadły na łóżku i przystąpiły do omawiania sprawy relikwiarza.

– Najpierw musimy ustalić, dlaczego ktoś chciał nas uwięzić? – Mary Jane postukała ołówkiem w leżącą na łóżku Kronikę Archeo.

– Może to rzeczywiście był przypadek albo żart, a może ktoś próbował nas nastraszyć – rozważała Ania.

– Ciekawe, czy to była ta sama osoba, która wykradła Kasztelanowi pergamin? A może były to dwie różne osoby? – Mary Jane zagryzła wargi w zamyśleniu. – Za dużo w tym wszystkim niewiadomych – szepnęła.

W tym samym czasie, gdy dziewczynki rozmawiały, próbując rozwikłać zagadkę relikwiarza, Walter Schneider zdawał sprawozdanie swojemu potężnemu mocodawcy.

– Zdobyliśmy list – zameldował krótko.

– Bardzo dobrze – skinął głową mężczyzna w aksamitnym garniturze w kolorze bakłażana i granatowej koszuli z białym, sztywnym kołnierzykiem. Wziął średniowieczny pergamin z rąk Waltera, założył okulary i przebiegł dokument wzrokiem.

Bracie Gotfrydzie!

Ja, Wielki Mistrz Ulrich von Jungingen, piszę te słowa w przededniu wielkiej bitwy. Jeślibym poległ lub ranion ciężko został, tak iżbym władać Zakonem nie mógł, tobie powierzam niezwykle ważną i tajną misję. Uratować musisz relikwiarz należący niegdyś do Wielkiego Mistrza Hermana von Salzy. Relikwiarz przywiezion był z Ziemi Świętej. Cud sprawił, że uratowano go przed najazdem niewiernych i z twierdzy Starkenberg tuż przed atakiem sułtana Baibara ocalono.

Bracie Gotfrydzie, bacz, by relikwiarz nie dostał się w niegodne ręce, strzeż go i chroń. Bo wskazówkę zawiera do niezmierzonej potęgi Zakonu. Więcej rzec nie mogę w obawie przed zdradą.

Po wsze czasy strzeż sekretu, który ci powierzam.

Wielki Mistrz Ulrich von Junginen
Roku Pańskiego, 14 lipca 1410

– Tak… – mruknął mocodawca Waltera. – Po chwili zapytał: – A klucz? Klucz również musi być na tym zamku. Rycerz Gotfryd nie wyszedł przecież z niego żywy – powiedział zimno. – Nie odnaleziono przy nim klucza – znacząco uniósł brwi. – Zdołał go przed śmiercią ukryć.

– Pracujemy nad tym – odrzekł Schneider.

– Co z mapą?

– Chwilowo nie mamy do niej dostępu. Brazylijczyk gdzieś ją zapodział. Ale może być pan spokojny, nad tym również pracujemy – Walter zapewnił.

– Musicie się pośpieszyć. Sprawa może się wkrótce wydać, a wtedy będziemy w wielkim kłopocie. A ja nie lubię kłopotów – mężczyzna spojrzał twardym, nieugiętym wzrokiem na Waltera. – Macie tydzień na zdobycie wszystkich dokumentów, razem z mapą!

– Tak jest! – Schneider odrzekł krótko, po czym wyszedł.

Jego mocodawca nadal siedział w głębokim fotelu. Odłożył średniowieczny list na stolik i zapatrzył się w widok za oknem. Górskie szczyty Alp wyglądały tego dnia wyjątkowo majestatycznie. Ale mężczyzna myślami był gdzieś bardzo daleko. Tak długo czekał na ten moment! Teraz musiał tylko jak kawałki materiału pozszywać ze sobą różne skrawki informacji, które do tej pory posiadał. A czas naglił!

Rozdział XII
Twierdza Montfort

Ulrich von Jungingen
urodził się w 1360 roku w Hohenfels. Po śmierci swojego brata Konrada, Wielkiego Mistrza Zakonu Krzyżackiego, został wybrany przez kapitułę generalną na jego następcę. Sprawował urząd wielkiego mistrza w latach 1407-1410. Lubił otaczać się zbytkami, wyprawiał wystawne uczty uświetnione występami grajków i linoskoczków.
W 1409 roku zakon uderzył na ziemię dobrzyńską i rozpoczął w ten sposób wojnę z Polską i Litwą. Ulrich von Jungingen zginął 15 lipca 1410 roku w bitwie pod Grunwaldem. Został pochowany w grobowcu Wielkich Mistrzów w kaplicy św. Anny.

– Czy wiadomo, jak wyglądał ten zaginiony relikwiarz? – zapytała Mary Jane. Razem z Anią, ubrane w piżamy, siedziały na łóżkach. Odebrały sukienkę od babci Anieli, która mieszkała zaledwie kilka ulic dalej, zjadły kolację i choć było bardzo późno, wcale nie chciało im się spać. Dla odmiany, chłopcy, zmordowani rycerską zaprawą, już od godziny głośno chrapali w pokoju Bartka.

– Wykradziony pergamin zawierał dokładny rysunek relikwiarza. Na szczęście dużo wcześniej wujek pozwolił mi go skopiować i zrobiłam dokładny szkic w Kronice Archeo – Ania szybko otworzyła jedną z pierwszych stron, żeby pokazać go Mary Jane. – Dokument zawierał list Wielkiego Mistrza Ulricha von Jungingena. Dobrze, że go sobie wcześniej przepisałam! – Ania wskazała resztę notatek w księdze.

– Gdyby nie twoja zapobiegliwość, nie udałoby się nam rozwiązać wielu za-

...twa pod Grunwaldem

...edna z największych bitew ...historii średniowiecznej Europy. ...stała stoczona niedaleko wsi ...nwald 15 lipca 1410 r. ...yżaków wspomagali rycerze ...uropy Zachodniej. Po stronie ...skiego króla Władysława ...iełły i jego stryjecznego brata, ...cia Witolda, walczyli Żmudzini, ...ini i Tatarzy, a także oddziały ...skie i mołdawskie.
...dysław Jagiełło ukrył swoje ...iska w lesie, podczas gdy ...ziały krzyżackie stały w pełnym słońcu, czekając na bitwę. Zniecierpliwiony Ulrich von Jungingen posłał królowi oraz księciu Witoldowi dwa nagie miecze, chcąc w obraźliwy sposób zachęcić króla do rozpoczęcia walki. Mimo to, zakon poniósł w bitwie druzgocącą klęskę, zginął w niej kwiat rycerstwa europejskiego. Polacy nie wykorzystali jednak w pełni tego zwycięstwa i nie udało im się zdobyć Malborka.

gadek – Mary Jane pochwaliła przyjaciółkę. – Przeczytaj, co było w tym liście, bo pękam z ciekawości! – ponaglała ją.

Ania odczytała treść tego samego listu, który kilka godzin wcześniej czytał już mocodawca Waltera Schneidera. Z tą tylko różnicą, że tamten mężczyzna posiadał oryginał.

Kiedy Ania skończyła, Mary Jane przez dłuższą chwilę siedziała zadumana.

– Kim był brat Gotfryd? – zapytała.

– Nie wiemy. Nie udało nam się tego ustalić.

Władysław Jagiełło
urodził się około 1362 roku. Wielki książę litewski i król Polski. Na mocy zawartego 14 sierpnia 1385 roku układu w Krewie, Jagiełło przyjął chrzest i pojął za żonę królową Jadwigę. Jego koronacja odbyła się 4 marca 1386 roku w katedrze na Wawelu. Dzięki temu Polskę i Litwę połączyła unia personalna. Jagiełło był zdolnym strategiem i dyplomatą. Skupiał wokół siebie wybitnych polityków oraz uczonych. Przyczynił się do osłabienia potęgi Zakonu Krzyżackiego. Przeprowadził chrystianizację Litwy, fundował liczne kościoły. W 1400 roku odnowił ufundowaną przez Jadwigę Akademię Krakowską. Interesował się muzyką i malarstwem. Był założycielem jednej z najznamienitszych dynastii w ówczesnej Europie. Zmarł 1 czerwca 1434 roku w Gródku pod Lwowem.

– Ciekawe, w jaki sposób znalazł się w waszym zamku?

– Pewnie wypełniał swoją misję, tak mówi moja mama – odparła Ania. – Ulrich von Jungingen zginął dzień później, 15 lipca 1410 roku w bitwie pod Grunwaldem. To była jedna z największych bitew w średniowiecznej Europie – Ania pochwaliła się swoją wiedzą. – Król Władysław Jagiełło pokonał wojska Zakonu Krzyżackiego.

Mary Jane zamyśliła się.

– Wynika z tego, że po śmierci Wielkiego Mistrza, brat Gotfryd został strażnikiem wielkiego sekretu. O co chodzi z tym Starkenbergiem? – zapytała po dłuższej chwili.

– To niemiecka nazwa twierdzy Montfort, warownej siedziby Zakonu Krzyżackiego. Zamek zbudowano w Ziemi Świętej w czasie wypraw krzyżowych – Ania pokazała Mary Jane mapkę wklejoną do Kroniki Archeo i wskazała na niej dokładne położenie twierdzy. – Właśnie wtedy, w czasie wypraw, powstał Zakon Najświętszej Maryi Panny Domu Niemieckiego. My ich nazywamy potocznie Krzyżakami, dlatego że nosili na swoich białych płaszczach znak krzyża – Ania objaśniała. – Montfort był ich główną siedzibą. W twierdzy tej znajdowało się archiwum zakonu i coś jeszcze…

Zamek Montfort

(Starkenberg) został wzniesiony z inicjatywy wielkiego mistrza Hermana von Salzy. Twierdzę zbudowano w Ziemi Świętej, niedaleko Akki, na stromym, niedostępnym wzgórzu. Był główną siedzibą wielkiego mistrza oraz centrum administracyjnym zakonu krzyżackiego. Znajdowały się w nim archiwum oraz skarbiec. W 1271 r. Muzułmanie zajęli Montfort, a Krzyżacy przenieśli się do Akki.

Zakon Krzyżacki,

inaczej Zakon Szpitala Najświętszej Marii Panny Domu Niemieckiego w Jerozolimie, powstał w czasie krucjat. Początkowo było to bractwo opiekujące się rannymi krzyżowcami pochodzenia niemieckiego. W 1198 r. papież Celestyn III przyznał bractwu status zakonu rycerskiego. Na czele zakonu stał wielki mistrz wybierany przez kapitułę generalną. Funkcja ta była sprawowana dożywotnio. Członkowie zgromadzenia musieli być wielkiemu mistrzowi bezwzględnie posłuszni.

Charakterystyczny ubiór, czyli biały płaszcz z naszytym po lewej stronie czarnym krzyżem, mogli nosić jedynie bracia-rycerze oraz kapelani. Bracia służebni zakładali płaszcze szare. Sprawy związane ze skarbcem krzyżackim były utrzymywane w wielkiej tajemnicy. Jedynie wielkimi mistrz lub komtur kontrolował wydatki ze skarbca. Zakon istnieje do dziś, lecz nie ma już charakteru rycerskiego. Skupiony jest na działalności charytatywnej. Siedziba wielkiego mistrza ks. dr Bruno Plattera znajduje się w Wiedniu przy ulicy Singerstrasse 7.

– Co takiego? – Mary Jane zaciekawiła się.

– Skarbiec!

– Co stało się z tym skarbcem?

– Nie wiadomo – odparła Ania. – Sułtan Baibar zdobył twierdzę, ale podobno w zamku nie było już ani archiwum, ani skarbca.

– To wiele wyjaśnia – Mary Jane zmarszczyła brwi. – Relikwiarz jest z pewnością kluczem do skarbu! Stąd całe zamieszanie i kradzież listu! Ktoś chce odszukać ten skarbiec!

– Myślisz, że to możliwe, żeby on nadal gdzieś był?

– Nie myślę, ja to wiem! – Mary Jane rzekła stanowczo.

– Ale gdzie go szukać? Przecież może być wszędzie – odparła Ania.

– Co stało się z zakonem po upadku twierdzy Montfort?

– W międzyczasie rycerze zakonni przybyli do Polski. Sprowadził ich książę Konrad Mazowiecki. W 1226 roku nadał im ziemię chełmińską. Gdy Montfort upadł, przenieśli swoją główną siedzibę właśnie do Polski, do Malborka.

– W takim razie gdzieś w Polsce musimy szukać i relikwiarza i skarbu – orzekła Mary Jane. – Być może w Malborku!

– Łatwo powiedzieć – bąknęła Ania.

– Dobrze, że mamy klucz. Jestem przekonana, że należał do brata Gotfryda. To on go schował. Ulrich von Jungingen wyraźnie pisze, że obawia się zdrady, dlatego posługuje się tylko półsłówkami. Podejrzewam, że ktoś deptał Gotfrydowi po piętach i dlatego ukrył list oraz klucz – Mary Jane podzieliła się swoimi przemyśleniami.

– Coś mi się wydaje, że musimy tego klucza mocno pilnować – jakieś złe przeczucie zakradło się do serca Ani.

Rozdział XIII
Dama serca

Gdy nadszedł dzień turnieju, wszyscy byli ogromnie podekscytowani. Od wczesnych godzin rannych bliźniacy, ubrani w krótkie skórzane kaftany, nazywane lamelkami, biegali po całym domu Ostrowskich, bawiąc się w dobrego i złego rycerza.

lamelka

Kolczuga
to rodzaj zbroi wykonanej z kilkunastu tysięcy, małych żelaznych kółek, splatanych ze sobą, tak aby jedno kółko łączyło się z kilkoma sąsiednimi.

– Poddaj się! – grzmiał Jim, wymachując floretem, który udawał miecz.

– Nigdy! Sam się poddaj! – wrzeszczał Martin, zbiegając ze schodów.

Pani Beata Ostrowska w ogóle nie zwracała uwagi na ten harmider. Cieszyła się, że mali Gardnerowie tak dobrze się bawią podczas tych wakacji w Zalesiu Królewskim. Na początku obawiała się, że nie zapewni im zbyt wielu atrakcji, ale po wyjeździe rodziców prawie całe dnie spędzali na zamku w towarzystwie Bartka i wujka Ryszarda, zapamiętale ćwicząc walkę na kije, miecze oraz strzelanie z łuku.

– Gdzie dziewczyny? Musimy już iść! – niecierpliwił się Bartek. – Za pół godziny rozpocznie się turniej! – jęknął ze zgrozą, bo Mary Jane i Ania szykowały się już od dobrej godziny. Była u nich babcia Aniela i pomagała im przygotować się.

Wreszcie Ania wyszła ze swojego pokoju.

– Już idziemy! – zawołała, po czym zbiegła na dół.

– No wreszcie – burknął Bartek, poprawiając miecz u pasa. Miał na sobie dosyć ciężką kolczugę i robiło mu się gorąco.

– Prawda, że nasze panny ślicznie wyglądają? – babcia, która wyszła z pokoju dziewczynek, dzierżyła pod pachą koszyk ze szczotkami do włosów, spinkami i lokówką.

– Uszyłaś nam piękne suknie i cudnie nas uczesałaś! – Ania mówiła do babci, podziwiając jednocześnie swoje odbicie w lustrze.
– Dobrze, czy możemy już iść? – Bartek z lekką irytacją przerwał babskie pogaduszki. – Gdzie jest Mary Jane? – przestępował z nogi na nogę, bo Mary Jane ciągle jeszcze nie schodziła.
– Idę, idę! – usłyszał wreszcie jej głos.
Bartek odwrócił głowę i zaniemówił. Mary Jane schodziła po schodach w długiej, ciemnozielonej sukni z rozcięciami na rękawach. Lekko falujące włosy, z grzywką zaplecioną w warkoczyk, miękko opadały na ramiona. Wyglądała jak żywcem wycięta z pięknego obrazu.
– To ty? – Bartek spytał głupio i zrobił taki gest, jakby za plecami dziewczyny miała pojawić się właściwa Mary Jane.
– Jasne, że ja! A niby, kto? – uśmiechnęła się.
Młody Ostrowski, zażenowany tym, że obserwuje go mama i babcia, spłonął rumieńcem. Tymczasem młoda Angielka dołączyła do przyjaciół i wszyscy razem wyszli.
– Bawcie się dobrze! – zawołała za nimi mama Ani. – Panna Ofelia będzie miała na was oko! – dodała jeszcze za oddalającymi się dziećmi.
– Okej! – odkrzyknął Bartek, który myślami był już dawno na Rynku, gdzie za chwilę miało nastąpić oficjalne rozpoczęcie turnieju.
– Wmieszamy się w tłum, to może panna Łyczko nas nie wypatrzy – Jim z Martinem już opracowywali strategię na wypadek spotkania z panną Ofelią.

Na Rynku w Zalesiu Królewskim zebrał się już tłum mieszkańców, turystów i gości z całego świata, którzy przyjechali specjalnie na Turniej. Bartek, razem z siostrą i przyjaciółmi, pośpiesznie dołączył do swojego bractwa. Mary Jane zabrała ze sobą aparat fotograficzny. Koniecznie chciała wykonać jak najlepsze zdjęcia, żeby mogła je potem pokazać rodzicom i koleżankom w Anglii. Wiedziała, że najciekawsze zrobi w trakcie samych zmagań turniejowych, ale w tej chwili również wiele się działo.

Wujek Ryszard, jako dyrektor muzeum, ogłosił rozpoczęcie Turnieju, a następnie zaprezentował biorące w nim udział drużyny rycerskie z całej Europy. Kiedy rozpoczęły się pokazy walk średniowiecznych, było wiele do oglądania. Publiczność, zachwycona, co chwila biła brawo. Mary Jane z pasją robiła zdjęcia.

– Uważaj! – krzyknęła do niej Ania, gdy Mary Jane za bardzo zbliżyła się do rycerzy walczących na miecze jednoręczne.

– Spokojnie! To będą świetne fotki! – krzyknęła przyjaciółka, nie odrywając oczu od wizjera w swoim Nikonie.

Nagle rycerze wykonali gwałtowny obrót, a Mary Jane, której ostrze miecza zawisło niemal tuż nad głową, odskoczyła w tył, nadeptując sobie przy tym na skrawek sukienki.

– Aaa! – zawołała, upadając.

– Uratowałem cię! Czy zostaniesz damą mego serca? – spytał po angielsku sympatyczny chłopak o bardzo jasnych włosach i szarych oczach. Mary Jane upadła wprost w jego ramiona.

Oszołomiona dziewczyna zamrugała szybko powiekami.

– Aparat cały? – zapytała z paniką, wyrywając się z objęć nieznajomego.

– Zdaje się, że nic mu się nie stało, pani fotoreporterko – odparł chłopak.

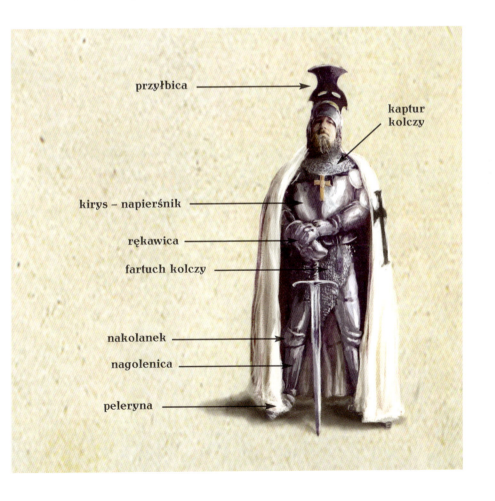

– Uff – odetchnęła z ulgą Mary Jane. – Dobrze, że pojawiłeś się we właściwym miejscu i czasie – uśmiechnęła się w ramach podziękowania. – Jak ci na imię? Skąd jesteś?
– Thomas Anders, przyjechałem z Niemiec – przedstawił się.
– Mary Jane Gardner – Mary Jane podała mu rękę. – Bierzesz udział w turnieju? – wskazała na jego zbroję.
– W turnieju konnym – uściślił. – A ty jesteś kronikarzem imprezy? – skinął głową na jej aparat.
– Można to tak ująć – uśmiechnęła się Mary Jane. Chłopak podobał się jej coraz bardziej. Był miły i szarmancki.
Naraz usłyszała głos Ani:
– Mary Jane, Mary Jane, gdzie jesteś?
– Muszę już lecieć – dziewczyna rzuciła pośpiesznie. – W podziękowaniu za ratunek, będę jutro ci kibicować – dodała z zapałem. Po sekundzie szybko dodała: – Jeśli oczywiście chcesz.
– Będę zaszczycony! – Thomas ukłonił się niemal do samej ziemi.
Mary Jane niezdarnie dygnęła i zaraz dołączyła do Ani.
– Och, Mary Jane, nic ci się nie stało? – Ania zauważyła, że przyjaciółka była lekko rozkojarzona.
– Poznałam fajnego chłopaka – zwierzyła się . – Ale nikomu ani sza! – położyła palec na ustach.
Ania zachichotała.
– Nikomu nic nie powiem, ale pod warunkiem, że mi go pokażesz.

– Dobrze, tylko tak, żeby nas nie widział – Mary Jane wzięła Anię pod rękę i obie poszły ukradkiem przyjrzeć się Thomasowi.

Tymczasem panna Ofelia wciąż szukała swoich podopiecznych. Sama przecież zaofiarowała się Beacie Ostrowskiej, że zaopiekuje się dzieciakami w trakcie turnieju. Beata musiała napisać zaległy artykuł, a Adam wyjechał na sympozjum poświęcone archeologii śródziemnomorskiej.

– Gdzie te dzieciaki się podziały? – ściągnęła groźnie brwi. – Miały na mnie czekać koło fontanny. Oto, do czego prowadzi brak dyscypliny! – mruknęła zgorszona, wachlując się programem imprezy. – Zdaje się, że będę musiała z nimi porozmawiać! – zacisnęła gniewnie usta.

Już się zdawało, że dostrzegła Mary Jane i Anię, gdy nagle drogę zastąpił jej człowiek w przebraniu błazna. Spojrzał na nią przenikliwe, aż pannie Ofelii przeszedł dreszcz po plecach. A potem błazen odszedł i zniknął w tłumie.

– Dziwny typ! – mruknęła panna Łyczko i westchnęła ciężko. Przez niego, dzieci znowu zniknęły z zasięgu jej wzroku. Musiała zacząć poszukiwania na nowo, a w tej wielobarwnej ciżbie było to prawie jak szukanie igły w stogu siana. Minęło kilkanaście minut, nim wreszcie je odnalazła.

Międzynarodowy Turniej Rycerski o Puchar Kasztelana na zamku w Zalesiu Królewskim w dniach 22-24 lipca 2011 r.

PROGRAM:

PIĄTEK
godz. 17:00
- Prezentacje Drużyn Rycerskich na Rynku w Zalesiu Królewskim
- Pokazy walk rycerskich
- Prezentacja Orkiestry Szkockiej
- Przemarsz Rycerstwa na zamek

SOBOTA
godz. 10:00
- Rozpoczęcie Turnieju
- Prezentacje Drużyn Rycerskich

godz. 11:00
- Turniej bojowy na miecze jednoręczne i tarcze
- Turniej bojowy na miecze długie
- Turniej konny
- Walki toporem i włócznią

godz. 14:00
- Turniej kuszniczy i łuczniczy

godz. 16:00
- Dalszy ciąg Turnieju Konnego
- Rzut toporem
- Bieg dam
- Pokazy sokolników

godz. 20:00
- Przedstawienie historyczne

NIEDZIELA
godz. 10:00
- Walki finałowe
- Finał strzelania z łuku i kuszy

godz. 14:00
- Uroczyste wręczenie nagród zwycięzcom
- Zakończenie Turnieju
- Biesiada na zamku

Rozdział XIV

Zacięty pojedynek

W sobotę, na błoniach przed zamkiem, rozpoczęło się porywające widowisko. Po obu przeciwległych bokach placu turniejowego ustawiono trybuny. Mary Jane z Anią, panną Ofelią i bliźniakami, siedziały w loży honorowej obok wujka Ryszarda.

Właśnie zakończył się pierwszy etap pojedynków na miecze. Dziewczęta z niecierpliwością oczekiwały na rozpoczęcie turnieju konnego o Puchar Kasztelana. Brał w nim udział Bartek na swoim koniu Leonidasie.

Wreszcie zabrzmiał dźwięk trąb oznajmiający początek turnieju konnego.

– Teraz on! Teraz on! – Ania podskakiwała, nie mogąc doczekać się brata, a Jim z Martinem aż wstali z miejsc.

Bartek dostojnie wjechał na plac turniejowy. Prezentował się doskonale. Wyprostowany, pewnie siedział w siodle i dzierżył długą, ciężką kopię. Za Bartkiem, na lśniącym, czarnym rumaku o imieniu Belfegor, wjechał jego przeciwnik. Obaj zatrzymali się przed lożą, w której siedziała Mary Jane i obaj się jej ukłonili.

Młody Ostrowski zmierzył swojego rywala zdumionym spojrzeniem.

– O rany! – Mary Jane była zakłopotana.
– To ten chłopak! – Ania również rozpoznała Thomasa.

– Obiecałaś mi kibicować! – zawołał śmiało.

Mary Jane, zmieszana, skinęła głową. Czuła, że wszyscy na nią patrzą.

– To wy się znacie? – Bartek był zaskoczony.

Było to jednak pytanie retoryczne, ponieważ i ślepy by zauważył, że tych dwoje się zna. Bartek nie miał czasu na roztrząsanie tych faktów, choć nieoczekiwanie dla samego siebie, poczuł piekące ukłucie w okolicy serca. Nie mógł analizować teraz swoich skomplikowanych uczuć, bo Kasztelan zadął w róg. Oznaczało to, że zawodnicy muszą zająć swoje pozycje i przystąpić do konkurencji.

Thomas i Bartek stanęli po przeciwnych stronach placu turniejowego. Pośrodku znajdował się tor zręcznościowy. Wzdłuż niego po lewej i prawej stronie rozwieszono pierścienie o różnej średnicy. Należało w jak najkrótszym czasie zdobyć jak najwięcej pierścieni.

Pierwszy ruszył Bartek. Był niesamowicie szybki i zwinny. Jego koń w pełnym galopie wykonał zwrot niemal w miejscu. Przez ułamek sekundy wydawało się, że Leonidas przewróci się i przygniecie chłopca, ale on świetnie panował nad wierzchowcem.

– Och! – Mary Jane aż poderwała się z miejsca i złapała za serce. Ku jej uldze, Bartkowi nic się nie stało. Z dumą prezentował zebrane na kopii pierścienie.

– Brawo, brawo! – Ania na przemian z Mary Jane piszczały i klaskały w dłonie.

Bartek również był zadowolony ze swojego wyczynu, choć do pełni sukcesu zabrakło mu jednego pierścienia. Z pewnym niepokojem obserwował teraz rywala.

Zabrzmiał róg i z kolei ruszył Thomas. Nie ulegało wątpliwości, że był jeszcze szybszy od Bartka. Zebrał komplet pierścieni i zwycięsko zaprezentował je przed lożą honorową, w której siedziała Mary Jane.

– To dla ciebie! – zawołał z roześmianą twarzą.

– Widziałaś? Zdobył je specjalnie dla mnie! – Mary Jane ściskała dłoń Ani. – Jest naprawdę fajny! – W oczach dziewczyny błysnęło coś na kształt uwielbienia. Chociaż Bartek stał daleko, on również dostrzegł ogniki w jej oczach.

Thomas przejechał wzdłuż trybun i, ignorując zupełnie Bartka, pozdrawiał triumfująco widownię.

Ostrowski poczuł, że wszystko się w nim gotuje. Do następnej potyczki przystępował z mocnym postanowieniem, że tym razem nie da Andersowi satysfakcji.

– To jakieś predatory? – zapytał z irytacją przejeżdżający obok kolega z drużyny. On również przegrywał swój pojedynek z zawodnikiem z niemieckiego bractwa.

W kolejnym pojedynku każdy zawodnik musiał wykonać po dwa najazdy i zebrać pierścienie mieczem.

Niestety, i tym razem Thomas okazał się lepszy. Bartek z trudem przełknął porażkę. Zwykle to on wygrywał. Udało mu się jednak zakwalifikować do finału, który miał się odbyć następnego dnia.

– Nie martw się, może jutro będziesz miał więcej szczęścia – Ania pocieszała brata, gdy odprowadzał konia do stajni. Przystanął przy Mary Jane i Thomasie, którzy zajęci byli rozmową.

– Byłeś naprawdę dobry. Dawno nie miałem takiego przeciwnika – Bartek zwrócił się do rywala, gratulując zwycięstwa w tej części turnieju.

– Ty też byłeś dobry – Thomas poklepał go po naramienniku. – To co, jutro rewanż?

– Owszem! – Bartek odpowiedział pewnym głosem. – Idziesz z nami Mary Jane? – zapytał.

– Za chwilę. Zaraz do was dołączę – dziewczyna uciekała wzrokiem przed spojrzeniem Bartka.

– Dobra – uśmiechnął się, jakby go w ogóle nie obeszło, że po raz pierwszy Mary Jane nie chce iść z nim oraz Anią, tylko woli towarzystwo jakiegoś obcego chłopaka. – Spotkamy się później – rzucił tonem starszego brata.

– Pamiętaj, że bierzemy udział w zawodach łuczniczych – Ania przypomniała przyjaciółce.

– Oczywiście, że pamiętam. Już nie mogę się doczekać – odparła Mary Jane i pomachała oddalającym się Ostrowskim.

Martin i Jim zgłodnieli, więc panna Ofelia zabrała ich na smaczne kiełbaski z rusztu. Tymczasem ich siostra została sam na sam z Thomasem.

W stajni Bartek rozsiodłał konia i dosypał mu owsa do żłobu. Ania usiadła na snopku siana i obserwowała poczynania brata, który wszystkie czynności wykonywał w milczeniu.

– Chyba spodobał się jej ten chłopak, nie sądzisz? – spytała wreszcie.

Bartek spochmurniał.

– Nic mnie to nie obchodzi! – burknął.

– Akurat! – Ania prychnęła.

– Mary Jane może rozmawiać, z kim chce – powiedział Bartek bezbarwnym głosem, z troską wygładzając grzywę rumaka.

– Ale oni umówili się na randkę, sama słyszałam – Ania wyjawiła bratu.

– Co? – Bartek podskoczył. – Jak to na randkę? – wiaderko z owsem wypadło mu z dłoni i ziarno posypało się pod kopyta Leonidasa. – Przecież ona go nie zna! Nie wiadomo, co to za jeden! Dopiero co go poznała! To może być jakiś gagatek! – Bartek wykrzykiwał oburzony.

– Nie przesadzaj, jest miły i sympatyczny – Ania przerwała bratu.

– Taak, miły! Sympatyczny! – Bartek przedrzeźniał siostrę, robiąc miny.

Ania chichotała, widząc jak brat się złości.

– Mary Jane jest naszą przyjaciółką i gościem – Bartek ochłonął nieco. – Musimy pilnować, żeby nie spotkała jej żadna przykrość – powiedział troskliwym głosem. – I dlatego powinniśmy już do niej iść, żeby za długo nie pozostawała tam sama z tym… Thomasem!

Bartek złapał siostrę za rękę i oboje wyszli ze stajni. Sadził przy tym tak wielkie kroki, że Ania ledwo mogła za nim nadążyć.

Rozdział XV

Duchy
to moja specjalność

Mary Jane rzeczywiście nadal gawędziła z Thomasem, ale już z dala od placu turniejowego i tego całego zgiełku.

– Podoba ci się w Polsce? – chłopak zadał pytanie aksamitnym głosem.

– Tak, bardzo lubię przyjeżdżać do moich przyjaciół. Tylko zimą jest mi tutaj trochę za zimno – roześmiała się. – W Anglii klimat jest łagodniejszy, chociaż też nas nie rozpieszcza – dodała.

– Deszcz i mgła – Thomas pokiwał ze zrozumieniem głową.

Nastąpiła chwila kłopotliwej ciszy.

– Na turnieju byłeś świetny – odezwała się Mary Jane, by ją przerwać. Sekundę później zganiła się w myślach, że zdecydowanie za często obdarza Thomasa komplementami.

– Warto było przyjechać na ten turniej, żeby cię poznać! – chłopak nie pozostał jej dłużny.

Mary Jane, w nagłym przypływie emocji, poczuła się jak w bajce. Piękny zamek, zieleń trawy, ciepłe promienie słońca i ci wszyscy ludzie, jakby przeniesieni z innej epoki, sprawiły, że poczuła się jak księżniczka, którą adoruje piękny książę. Już miała powiedzieć coś niemądrego, w stylu „bardzo cię lubię", gdy nagle otrzeźwiła ją jedna myśl:

„O w mordkę jeża!" – zaklęła w myślach po bartkowemu. „Zamieniam się w pannę Ofelię! To przecież ona uwielbia cklive romanse, a nie ja!" – Mary Jane starała się odzyskać zwykłą jasność myślenia. Gdy jednak Thomas poprosił ją o numer telefonu, dała mu go bez wahania.

– Czym zajmują się twoi rodzice? – zaciekawił się. – Jeśli nie chcesz, nie musisz odpowiadać – zastrzegł zaraz grzecznie.

– Nie, czemu, to przecież żadna tajemnica – dziewczyna nie widziała powodów, dla których nie miałaby opowiadać o rodzicach. – Są archeologami. Czasem całą rodziną jeździmy na różne wykopaliska.

– O, to bardzo ciekawe! Fajnie macie! – westchnął z niekłamaną zazdrością. – Pewnie dlatego przyjaźnisz się z Bartkiem i Anią. Słyszałem, że ich rodzice także zajmują się archeologią, a wujek jest organizatorem turnieju – wyjaśnił.

– Dobrze słyszałeś – Mary Jane potwierdziła. – Nasze rodziny przyjaźnią się od bardzo dawna.

– Domyślam się, że mieliście udział w niejednym odkryciu?

Mary Jane z uśmiechem pokiwała głową.

– A czym teraz się zajmujecie? Założę się, że na pewno jesteście na tropie jakiejś zagadki – Thomas zajrzał Mary Jane głęboko w oczy.

– Można tak powiedzieć – przyznała.

– Jeśli będę mógł w czymś pomóc, daj znać. Gdybyś była w niebezpieczeństwie, mogę służyć ci mym orężem! – chłopak uczynił teatralny gest mieczem.

– Jeżeli duch Wielkiego Mistrza będzie mnie prześladował, na pewno dam ci znać – Mary Jane parsknęła ze śmiechem.

– Duch? Wielkiego Mistrza? O, to bardzo poważna sprawa! – odparł Thomas. Złapał Mary Jane za rękę i, ponownie patrząc jej głęboko w oczy, rzekł: – Duchy to moja specjalność.

Mary Jane wyrwała dłoń i zakrzyknęła wesoło:

– Uprzedzam, że to okropny duch! Zostawił po sobie wielki sekret, którego nadal pilnuje i nie pozwala nam go rozwiązać.

– Powiedz tylko jedno słowo, a wydrę mu wszelkie sekrety! – Thomas zapewnił gorąco.

– Wielki Mistrz ukrył gdzieś cenny relikwiarz – Mary Jane mówiła, a jej słuchacz starał się zapamiętać każde słowo. – W tym relikwiarzu znajduje się być może wskazówka do skarbu – z satysfakcją obserwowała, jakie wrażenie robią te informacje na Thomasie. W końcu i ona mogła mu zaimponować.

– Do jakiego skarbu? – zapytał szeptem.

– Do skarbca Zakonu Krzyżackiego, który zaginął przed wiekami.

– Fascynujące! – Thomas pochylił się nad ustami Mary Jane, jakby miał zamiar ją pocałować.

– Mary Jane!!!

Po łące, na której stali, rozniósł się nagle gniewny okrzyk. Wielkimi krokami, łopocąc przy tym długą, czerwoną suknią, mknęła panna Ofelia.

Mary i Thomas odskoczyli od siebie.

– Wszyscy cię szukają! Gdzie ty się szwendasz? W dodatku z nieznajomym! – panna Łyczko zmierzyła Andersa krytycznym spojrzeniem.

– On nie jest nieznajomy! To Thomas – broniła się niezdarnie Mary Jane.

Chłopak ukłonił się przed panną Ofelią.

– Bardzo mi miło – potraktowała go z góry. – Czas już, żebyś dołączył do swojej drużyny, z pewnością na ciebie czekają! – rzekła z naciskiem, nie zaszczycając chłopca ani jednym spojrzeniem. – A ty, moja droga – odwróciła się do Mary Jane – chodź ze mną!

Thomas posłusznie odszedł. Zdążył jeszcze posłać Mary Jane ukradkowego całusa.

– Ile razy ci mówiłam, że dziewczyna w twoim wieku nie powinna zadawać się z nieznajomymi chłopakami! – burczała panna Ofelia, sadząc takie susy, jakby goniło ją stado wilków.

– To nie dziewiętnasty wiek! – Mary Jane zbuntowała się. Była zła, że panna Łyczko potraktowała ją przy Thomasie tak protekcjonalnie, zupełnie jak małą dziewczynkę.

– On jest bardzo sympatyczny! – broniła się, biegnąc za panną Ofelią.

– Co nie zmienia faktu, że go nie znasz! – opiekunka pałała świętym oburzeniem. – To duża nieodpowiedzialność z twojej strony, żeby umawiać się z nim tutaj sam na sam! – Panna Łyczko często była irytująca i Mary Jane zdążyła już do tego przywyknąć, ale tym razem, zaczęła ją wprost wyprowadzać z równowagi!

– Tylko rozmawialiśmy! – zaprotestowała.

– Widziałam, jak ROZMAWIALIŚCIE! – wycedziła panna Ofelia i ucięła dyskusję.

Mary Jane z obrażoną miną weszła na dziedziniec zamku. Od razu przypadła do niej Ania.

– Gdzie byłaś? Zaraz zacznie się konkurs łuczniczy!

Mary Jane złapała się za głowę. Na śmierć zapomniała, że razem z Anią biorą w nim udział. Pobiegła po swój łuk i już po chwili była gotowa do zawodów. Zanim nadeszła jej kolej, opowiedziała w skrócie Ani o spotkaniu z Thomasem i zajściu z panną Ofelią. Dopiero, gdy wylała swoje żale, dobry humor jej powrócił.

– Dobrze, że nie sprawdziła mi przy nim uszu! Dopiero bym się najadła wstydu! – parsknęła i obie dziewczynki wybuchły niepohamowanym śmiechem.

Rozdział XVI

Na celowniku

W strzelaniu z łuku Mary Jane była niepokonana i prawie za każdym razem trafiała w sam środek tarczy, jakby urodziła się z łukiem w dłoni.

– Mary Jane! Mary Jane! – skandował głośno Thomas, który przyszedł popatrzeć na zawody.

– Ten pajac jej przeszkadza – syknął Bartek, nie mogąc znieść entuzjazmu Andersa.

– Lepiej trzymaj kciuki! – Ania pokazała bratu zaciśnięte palce. Bliźniacy emocjonowali się tak bardzo, że mieli wypieki na policzkach.

Mary Jane podeszła właśnie do decydującego strzału. Tuż za nią uplasowała się Jolanda z Bractwa Rycerskiego Komturii Nidzickiej.

Bartek patrzył z podziwem, jak Mary Jane zręcznie napina cięciwę. Przez chwilę mierzyła w skupieniu do celu, aż wreszcie ze świstem wypuściła strzałę.

– Jest! Hura! – rozległy się radosne okrzyki jej kibiców.

Trafiła w sam środek tarczy.

Nim Bartek zdążył jej pogratulować, przy Mary Jane był już Thomas.

Twarz dziewczyny zajaśniała radością.

Bartek westchnął ciężko i odszedł.

– Jesteś wielką łuczniczką! – chwalił ją Thomas. – Jestem pewien, że odnajdziesz skarb Wielkiego Mistrza! – szeptał Mary Jane do ucha. Ania, która stała z tyłu, usłyszała jednak jego słowa. Odciągnęła Mary Jane na bok i zapytała z wyrzutem:
– Powiedziałaś mu o relikwiarzu?
– Noo… tak mi się wymsknęło – przyjaciółka odparła ze wstydem.
– Wymsknęło? – Ania szeroko otworzyła oczy.

W rzeczy samej, Mary Jane również to zdziwiło. Kto jak kto, ale ona nigdy nie zdradzała wspólnych tajemnic, a teraz wypaplała wszystko temu chłopakowi w pięć sekund.

„Co się ze mną dzieje?" Nie mogła ogarnąć własnych myśli i emocji. Poczuła wyrzuty sumienia wobec swoich przyjaciół.

– Gdzie jest Bartek? – spytała.
– Poszedł z Jimem i Martinem na pokazy sokolników – odparła Ania.

Mary Jane zrobiła żałosną minę. Zdała sobie sprawę, że postąpiła paskudnie. Thomas był miły i całkiem fajny, ale przez tę znajomość w ciągu paru godzin nabawiła się problemów. Panna Ofelia się na nią wściekła, o mało co zapomniałaby o turnieju łuczniczym, a gdy Bartek się dowie, że wygadała się w sprawie poszukiwań relikwiarza, to już nigdy się do niej nie odezwie! Ba, Mary Jane zapomniała nawet o swoich braciach, a to przecież ona powinna się nimi opiekować, a nie Bartek czy panna Łyczko! Dobrze, że choć jeszcze Ania z nią rozmawia. Uścisnęła z wdzięcznością przyjaciółkę i przeprosiła za swoje zachowanie, a potem podeszła do Thomasa.

– Spotkamy się jutro, teraz muszę iść – oświadczyła. – Mam ważne sprawy na głowie.

– Okej, będę czekał jutro – chłopak przystał na to potulnie, a Mary Jane i Ania poszły szukać Bartka, Jima i Martina.

Mali Gardnerowie z zapartym tchem podziwiali drapieżnego sokoła, który wykonywał wszystkie polecenia Oriany, dziewczyny o długim jasnym warkoczu. Po skończonym pokazie, bliźniacy natychmiast podbiegli do ślicznej sokolniczki.

– Czy mogę go pogłaskać? – spytał Martin. Nie mógł przecież przepuścić takiej okazji. Jego dusza przyrodnika aż w nim podskakiwała.

– *Of course* – Oriana na szczęście znała angielski.

Martin wyciągnął nieco drżącą rękę i pogłaskał sokoła po główce okrytej specjalną czapeczką.

– Uważaj, bo cię dziobnie – ostrzegł go brat. Sokół z bliska wyglądał o wiele groźniej. Miał potężny dziób i ostre szpony. Bez ochronnej rękawicy Oriana nie mogłaby go trzymać na delikatnej dłoni.

– Przepraszam cię, za tych małych łobuziaków, są bardzo ciekawscy – Bartek również podszedł do Oriany.

– Nic nie szkodzi. Nie wykonujcie tylko gwałtownych ruchów, żeby Falco się nie przestraszył – dziewczyna uspokajająco pogłaskała sokoła.

– Od dawna zajmujesz się sokolnictwem? – zagaił Bartek.

– Od dziecka, ojciec mnie nauczył – wskazała stojącego nieopodal mężczyznę z nieco szpakowatą brodą.

– To fascynujące, że on ciebie tak słucha – powiedział Martin, mając na myśli drapieżnego ptaka. Chłopiec wpatrywał się z uwielbieniem w Orianę. Mimo że była od niego starsza, pewnie w wieku Bartka, bardzo mu imponowała. Zresztą, jej eteryczna uroda w połączeniu z drapieżnym sokołem, nad którym panowała, wywarła wielkie wrażenie nawet na młodym Ostrowskim.

– Rzeczywiście, fascynujące – powtórzył jak echo za Martinem. Tylko Jim trzymał się na uboczu. Wolałby wirtualnego sokoła w grze komputerowej.

– Nigdy wcześniej nie widziałem cię na naszym zamku – powiedział Bartek.

– Nigdy wcześniej podczas turnieju nie było pokazów sokolniczych – odrzekła.

– No tak, racja – Bartek pokiwał głową. Wyczerpały się mu już pomysły na podtrzymanie rozmowy, a Oriana była dość małomówna. Z pomocą przyszła mu siostra, która właśnie nadeszła wraz z Mary Jane.

– Mogę cię narysować? – zapytała Ania i nie czekając na odpowiedź Oriany, wyciągnęła z zamszowej torby swój szkicownik i ołówki.

– Jeśli chcesz, możesz mnie narysować – zgodziła się sokolniczka. – Jeszcze nigdy nikt mnie nie namalował.

– A dla mnie narysuj tego sokoła. Koniecznie! – Martin błagał Anię.

Dziewczynka usiadła na trawie i zabrała się do szkicowania.

Mary Jane chciała przeprosić Bartka za swoje wcześniejsze zachowanie i za to, że wypapłała Thomasowi o sekrecie Wielkiego Mistrza (o czym Bartek jeszcze nie wiedział), ale gdy ujrzała ten irytujący, cielęcy wzrok, który wlepiał w Orianę, natychmiast przeszła jej na to ochota.

„Jeśli Thomas będzie chciał się ze mną umówić, to pójdę z nim na randkę!" – pomyślała ze złością.

Pocieszało ją jedynie to, że Oriana nie była zainteresowana Bartkiem. Za to chętnie i ze szczegółami odpowiadała na pytania Martina dotyczące wszystkiego, co wiązało się z sokołami i sokolnictwem.

Jim zaczął się trochę nudzić, więc pobiegł poglądać stragany, na których prezentowano średniowieczną biżuterię oraz sposoby wyrobu łuków, mieczy a także bicie monet.

Mary Jane z Bartkiem siedzieli na niewielkim pagórku porośniętym trawą i… milczeli.

Cisza między nimi powoli stawała się uciążliwa.

Po kilku minutach, gdy milczenie stało się już nieznośne, oboje odezwali się równocześnie:

– Wiesz, przepraszam…

– Ależ nie, to ja przepraszam!

– Wcale nie, to ja! Głupio się zachowałem. Masz przecież prawo spotykać się z kim chcesz – Bartek wypowiedział tę formułkę, choć czuł, że robi to trochę wbrew sobie.

Mary Jane odgarnęła włosy z policzka.

– Thomas jest fajny – zaczęła powoli – ale… – urwała. Nie wiedziała, jak powiedzieć o wszystkich dręczących ją uczuciach.

Nagle ogarnęło ją niemiłe wrażenie, że ktoś ją obserwuje. Obejrzała się za siebie.

Nikt na nią nie patrzył. Mimo to, nadal czuła się nieswojo.

– Coś się stało? – Bartek zauważył, że Mary Jane się rozgląda. – Szukasz Jima? Jest tam, przy kowalu, patrzy jak wykuwają podkowy – wskazał kuźnię.

– Wiem, wiem, widzę go. Miałam wrażenie, że ktoś na mnie patrzy – wyjaśniła zakłopotana.

– Nic dziwnego, jesteś bardzo ładna, dlatego wszyscy na ciebie patrzą – powiedział Bartek, pierwszy raz wykazując się wobec Mary Jane taką odwagą. A ona zaczerwieniła się po czubek odrobinę piegowatego nosa.

Teraz już w ogóle nie wiedziała, co powiedzieć, więc nadal siedzieli w milczeniu.

Po chwili Mary Jane jeszcze raz ukradkiem się odwróciła. Lecz nie zauważyła nikogo podejrzanego.

„Pewnie mi się zdawało" – pomyślała.

Ukryty za murem zamkowym mężczyzna w przebraniu błazna nie spuszczał wzroku z Mary Jane i Bartka. Wreszcie dzieciaki były razem i nie musiał ganiać za nimi z wywieszonym językiem, gdy się rozdzielały. Teraz tylko ten mały rudy Anglik biegał i zaglądał w każdy kąt, ale i tak miał całą gromadkę jak na tacy. Ich opiekunka rozmawiała z kasztelanem tego zamku, więc błazen mógł trochę odpocząć od tego męczącego szpiegowania.

Odpoczynek ten skończył się, gdy podszedł do niego pewien turysta ze sznurkiem świeżutkich obwarzanków na szyi.

– Jak ci idzie? – zapytał po angielsku z dziwnym, jakby portugalskim akcentem.

– Te dzieciaki znają szamankę – zameldował konspiracyjnym szeptem błazen.

– Jesteś pewien?

– Widziałem ją! Jest tutaj z nimi.

– To świetnie się składa – ucieszył się turysta. Zadowolony ugryzł jeden z obwarzanków. – Um, nawet dobre – mlasnął. – Tylko trochę suche.

– Trzeba uważać. Zakon ma ich już na celowniku! – przestrzegł błazen. – Są szybcy.

– A niech to! – turysta w zaciśniętej dłoni rozkruszył resztę obwarzanka. – Jak oni to robią?! – Nie mogą się dowiedzieć, że tutaj jesteśmy – powiedział dobitnie. – Musimy działać ostrożnie. Żadnych pomyłek, pamiętaj! Do dzieła! – dodał, po czym znowu wmieszał się w tłum.

Rozdział XVII

Zamiast zupy

Późnym wieczorem, po zakończeniu sobotniej części turnieju, panna Ofelia wróciła do domu.

– Jestem wykończony – westchnął Kasztelan, który ją odprowadzał. Tak jak Ofelia, nadal był w średniowiecznym stroju.

– Ja też jestem zmęczona – panna Łyczko westchnęła równie głęboko. – Ale to jest chyba najlepszy turniej, jaki odbył się na naszym zamku! – powiedziała z uznaniem.

– Sam nie sądziłem, że przyjedzie aż tylu gości. Mam tysiące spraw na głowie – Kasztelan jęknął.

– Ryszardzie, nikt nie potrafi zająć się lepiej organizacją tej imprezy niż ty! Jeszcze tylko jeden dzień i odpoczniesz – panna Ofelia spojrzała na niego pocieszająco.

Od paru chwil stali przed furtką prowadzącą do domu panny Łyczko.

– Może zaprosisz mnie na herbatę? – Kasztelan odważył się zapytać.

– Ee... – Ofelia wyraźnie się zmieszała. – A co byś powiedział, gdybym zaprosiła cię jutro? Mam dziś okropny... – pośpiesznie szukała w głowie właściwej wymówki – ...bałagan! – wyrzuciła wreszcie z ulgą. Tak, mam bałagan! – powtórzyła dobitnie.

– Ty? Bałagan? – Tym wyznaniem panna Ofelia wprawiła Ryszarda Ostrowskiego w osłupienie. Wszyscy przecież wie-

dzieli, że panna Łyczko jest wyjątkową pedantką i nawet w namiocie pośrodku pustyni potrafi utrzymać idealny porządek, bez ziarna piasku! Kasztelan pojął aluzję.

– Yyy… – panna Ofelia wydała z siebie jakiś nieartykułowany dźwięk. – Byłam na urlopie i długo nie sprzątałam – rozpaczliwie próbowała nie zrazić do siebie Ryszarda. Tym razem naprawdę nie mogła go zaprosić! – Obiecuję, że jutro mój dom będzie lśnił czystością i będziemy mogli porozmawiać i wypić herbatę – zapewniała.

– A więc niech będzie jutro – odparł Kasztelan z nieco zawiedzioną miną. – Chciałem rozmawiać z tobą, a nie z twoim lśniącym domem – mruknął jeszcze pod nosem, lecz Ofelia już go nie słyszała.

– Pa! – odwróciła się i weszła na werandę ocienioną kwitnącymi pnączami.

Kasztelan zanim odszedł, ze dwa razy jeszcze westchnął ciężko, a potem zawrócił do zamku, gdzie czekało na niego mnóstwo spraw, od których miał nadzieję choć na chwilę uwolnić się w trakcie miłej pogawędki z panną Ofelią. Ponieważ z randki wyszły nici, czym prędzej rzucił się w wir pracy.

Panna Łyczko z bijącym sercem patrzyła zza firanki, jak Kasztelan oddala się. Ryszard zawsze był dla niej przyjacielem, chociaż musiała się przyznać, że ostatnio jakby lubiła go trochę bardziej.

– Zaproszę go jutro – powtórzyła do siebie półgłosem, utwierdzając się w przekonaniu, że dobrze zrobiła.

Ofelia odeszła od okna. Ogarnęła krytycznym wzrokiem idealnie wysprzątany pokój gościnny. Zlustrowała każdą półkę, podłogę i sprawdziła, czy nie kryje się tam jakiś podejrzany paproszek. Ponieważ nic nie zmąciło jej spokoju, usiadła na wygodnej, białej kanapie. Na niewielkim stoliku przed nią leżał gruby zeszyt w sztywnej oprawie. Na jego okładce widniał tytuł „Dziennik podróży", wykaligrafowany kształtnym, odręcznym pismem. Na kanapie leżały też rozłożone mapy. Gdyby Ryszard Ostrowski teraz wszedł na herbatę, niezmiernie by się zdziwił. Od razu zauważyłby na mapach zarys charakterystycznego kontynentu – Ameryki Południowej z siateczką zaznaczonych na niej czerwonych linii. Kasztelan na pewno zacząłby wypytywać o to pannę Ofelię. To właśnie dlatego tego wieczoru nie mogła go zaprosić do domu. Pamiętała, że w pokoju gościnnym leżą rzeczy, których nikomu na razie nie chciała pokazywać.

Zebrała wszystkie mapy i starannie je złożyła. Pozbierała także leżące na kanapie zdjęcia jej ojca Wiktora, fotografię pułkownika Percy'ego Harrisona Fawcetta oraz kilka pożółkłych dokumentów zapisanych drobnym maczkiem. Indiański amulet i wisiorek włożyła do mahoniowej szkatułki stojącej na półce nad kominkiem. Na koniec podniosła z podłogi leżącą obok kanapy metalową, pordzewiałą menażkę wojskową, którą niedawno otrzymała w prezencie od wodza Indian Kalapalo w ramach podziękowania za wyleczenie jego chorej żony. Na szczęście miała ze sobą zapas antybiotyku, który pomógł chorej kobiecie. W dowód wdzięczności wódz wręczył jej tę menażkę, pamiętającą chyba czasy drugiej wojny światowej. Indianom Kalapalo lepiej nie odmawiać, więc Ofelia przyjęła ten niecodzienny prezent i czym prędzej opuściła dżunglę. Do tej pory nie zaglądała do menażki. Jakoś wcześniej nie miała czasu, żeby to zrobić. Pośpieszne pakowanie i lot, potem rozpakowywanie, urodziny Ani i turniej, którego nie mogła przecież opuścić. Właściwie dopiero teraz pomyślała, że w tej menażce może być coś w środku.

– Oby nie sześćdziesięcioletnia zupa! – mruknęła. – Albo tropikalne robale – wzdrygnęła się ze wstrętem.

Obejrzała menażkę uważnie.

Spróbowała ją otworzyć, ale pordzewiałe wieczko dość mocno się zakleszczyło.

– Ałć! – Ofelia syknęła, gdy nadłamała sobie paznokieć.

Poszła do kuchni po nóż. Podważone ostrzem wieczko, odskoczyło i spadło z hałasem na podłogę.

Ofelia usiadła na kanapie.

Wewnątrz menażki rzeczywiście coś było.

Sięgnęła palcami i wyciągnęła złożony, pożółkły pergamin.

– A co to? – wykrzyknęła zdumiona.

Czegoś takiego zupełnie się nie spodziewała! W menażce mogło być wszystko, łącznie z tropikalnymi robakami, ale średniowieczny pergamin?! Z wielką ostrożnością rozłożyła go. Był tak stary, że bała się, iż rozkruszy się jej w palcach. Pośrodku widniał jakiś plan, jakby zamku z mnóstwem komnat i korytarzy.

Panna Ofelia pobladła z wrażenia.

– Co to ma znaczyć? – powiedziała do siebie głośno. – Skąd coś takiego u Indian? Dlaczego mi to dali? Co to za dokument?

Niestety, na razie żadna logiczna odpowiedź nie przychodziła pannie Ofelii do głowy.

Rozważania te przerwał jej dzwonek do drzwi. Panna Łyczko podskoczyła na kanapie. „To pewnie Ryszard wrócił" – pomyślała zestresowana. Przez chwilę chciała udawać, że nie ma jej w domu, ale potem zmieniła zdanie. Dzwonek dźwięczał ostro i nieprzyjemnie. Ten ktoś wiedział, że Ofelia jest w domu i najwyraźniej postanowił dobijać się do skutku.

Panna Łyczko zgarnęła swoje materiały z podróży, wsadziła mapę z powrotem do menażki, otworzyła kanapę i wszystko to do niej wrzuciła. Szybkim ruchem wygładziła obicie i poszła otworzyć drzwi.

– Już idę! – krzyknęła. – Tak, słucham? – wyjąkała speszona, gdy ujrzała przed sobą twarz nieznajomego człowieka.

– *Good evening* – przywitał się po angielsku.

– *Good evening.* O co chodzi? – spytała niezbyt grzecznym tonem. Nie miała pojęcia, kim jest ten przybysz. A ona nawet nie zdążyła się przebrać i ciągle jeszcze była w średniowiecznej sukni.

– Pani wybaczy za to najście, ale przysyła mnie do pani rząd Brazylii – powiedział przybyły i machnął pannie Łyczko przed oczami jakąś legitymacją.

Ofelia była tak oszołomiona, że na krótką chwilę zaniemówiła.

Urzędnik wykorzystał to i groźnym, służbowym tonem mówił dalej:

– Nasz rząd dowiedział się, że na terenie Brazylii dopuściła się pani poważnego przestępstwa!

Panna Ofelia zbladła i poczuła, jak zalewa ją fala gorąca.

– Ja? – zająknęła się.

– Tak, pani!

– Ale cóż ja takiego zrobiłam? Nie złamałam prawa! – panna Ofelia zaczęła się bronić. – Miałam ważne dokumenty i wszystkie potrzebne zezwolenia na penetrowanie terenów należących do Parku Narodowego Xingu – mówiła oburzona. Była pewna, że postępowała zgodnie z brazylijskiemu prawem.

– Niestety, weszła pani w posiadanie pewnego cennego dla nas pergaminu i wywiozła go pani w starej menażce. Mamy na to dowody! – urzędnik pogroził jej palcem. – Bez zezwolenia wywiozła pani ów zabytek z Brazylii! – dodał ostro.

Nogi ugięły się pod panną Ofelią.

Ten człowiek mówił prawdę! Wywiozła ten dokument z Brazylii. Co prawda, sama dowiedziała się o tym dopiero przed chwilą. A skoro oni już o tym wiedzą, to muszą mieć na to dowody!

– Na swoją obronę muszę powiedzieć – panna Łyczko starała się spokojnie wytłumaczyć – iż nie miałam pojęcia o tym, że wywożę jakiś dokument. Dostałam w prezencie starą menażkę. Skąd mogłam wiedzieć, że w środku będzie średniowieczny zabytek?! – wzruszyła ramionami.

– Droga pani! Każdy wynajduje jakieś usprawiedliwienia dla swoich przestępczych poczynań! – urzędnik westchnął ze smutkiem.

– Jak pan śmie insynuować, że jestem przestępcą! – panna Ofelia zagrzmiała oburzona. – Tłumaczę panu, że nie wiedziałam, co przewożę i że w ogóle przewożę jakiś cenny dokument!

Urzędnik uśmiechnął się, rad ze zdenerwowania panny Ofelii.

– Możemy tę sprawę załatwić od razu, po to właśnie przyjechałem – uśmiechnął się. – Chyba nie chce pani trafić do najcięższego brazylijskiego więzienia?

Ofelia spociła się na samą myśl.

– Jak to? O jakim więzieniu pan mówi? – wymamrotała przestraszona.

– Tak piękna kobieta nie powinna trafić za kratki – rzekł urzędnik, kontemplując urodę panny Ofelii. – Poza tym, jeśli rzeczywiście nieświadomie dopuściła się pani tego przestępstwa, wystarczy, że odda mi pani ten pergamin – oświadczył wspaniałomyślnie. – Ja zabiorę go do Brazylii i trafi do muzeum, z którego został skradziony – powiedział z naciskiem, jakby sugerując, że to panna Ofelia mogła być złodziejką. – A pani pozostanie na wolności i nikt się o niczym nie dowie – zaproponował nietypowy układ. – Co pani na to?

– Nie pójdę do więzienia? – panna Ofelia upewniała się.

– Mam tu wszystkie potrzebne dokumenty, jeśli je pani podpisze i zwróci mi pergamin, cała sprawa pójdzie w niepamięć i będzie pani mogła nadal przyjeżdżać do Brazylii – dodał.

Panna Łyczko rozważała tę propozycję.

„Jeśli ten pergamin rzeczywiście wykradziono z jakiegoś muzeum, to by wyjaśniało, skąd wziął się w dżungli. Pewnie złodziej go tam ukrył. A ja przypadkiem zostałam zamieszana w tę aferę. Tylko, czy ktoś mi teraz w to uwierzy?" – zastanawiała się.

Ofelia miała ochotę jak najszybciej pozbyć się trefnego dokumentu.

W twarzy urzędnika było jednak coś dziwnego...

– Chętnie bym panu zwróciła ten pergamin, ale jest pewien problem... – panna Łyczko zaryzykowała.

Urzędnik chrząknął niezadowolony.

– Jaki problem?

– Już go nie mam! – oświadczyła niespodziewanie.

– CO? – mężczyzna aż podskoczył. – Jak to? Co pani z nim zrobiła?

– Powiedziałam panu, że trafił w moje ręce przypadkiem. Nie wiedziałam, co z nim zrobić, dlatego przekazałam go do miejscowego Muzeum Regionalnego – Ofelia naprędce sklepiła bajeczkę.

– Przekazała pani naszą własność do polskiego muzeum? – urzędnik był rozwścieczony.

– Właśnie tak zrobiłam – Ofelia podtrzymała tę wersję. – Jeśli chce pan odzyskać pergamin, proszę iść na zamek – wskazała ręką wzgórze. – Tam właśnie jest muzeum.

Im dłużej panna Łyczko obserwowała tego dziwnego urzędnika, tym bardziej wydawał się jej podejrzany.

– Żegnam pana! – rzuciła, zadzierając nosa i trzasnęła drzwiami, szczęśliwa, że w tak sprytny sposób pozbyła się natręta. „Pewnie sam gwizdnął ten pergamin i próbuje na mnie wszystko zwalić" – pomyślała.

Urzędnik zmiął w ustach kilka soczystych przekleństw. Schował swoje dokumenty do teczki i spojrzał na odległe wzgórze zamkowe. Gdy opuścił posesję panny Łyczko, wyciągnął telefon i zadzwonił do hotelu, w którym się zatrzymał:

– Tu Antonio Silva, chciałbym przedłużyć swój pobyt...

Rozdział XVIII
Kolejne włamanie

Niedziela była ostatnim dniem turnieju. Tak jak poprzedniego dnia, dziedziniec zamku oraz plac turniejowy i rozległe błonia wokół zamku zapełnione były barwnym, wielojęzycznym tłumem.

Bartek był zdenerwowany.

Siedział już na koniu i czekał na dźwięk rogu, który obwieszczał początek jego potyczki finałowej. Po przeciwnej stronie placu stał jego główny rywal – Thomas Anders. Tego dnia miał na sobie wyjątkowo piękną zbroję i wlepiał się bezczelnie w Mary Jane siedzącą na trybunie honorowej. Bartek za wszelką cenę postanowił wygrać. Przyszła dopingować go nawet Oriana ze swoim sokołem. Obok niej stali Martin i Jim.

Na dźwięk rogu Bartek ruszył. Tym razem nie dał rywalowi żadnych szans. Gdy wzniecony końskimi kopytami tuman piachu opadł, publiczność ujrzała wszystkie dziesięć pierścieni na kopii Bartka.

– Brawo! – rozległy się oklaski.

Dla Thomasa niedziela okazała się mniej szczęśliwa. Był równie szybki, jak poprzedniego dnia, lecz gdy zdawało się, że i on zdobędzie komplet pierścieni, jego koń nagle potknął się i zrzucił jeźdźca.

– Och! – Mary Jane podniosła się z miejsca.

Ekskalibur
to legendarny miecz króla Artura. Za sprawą magii tkwił w skale i jedynie prawowity król Anglii mógł go z niej wydobyć. Spośród wielu rycerzy, tylko Artur zdołał go wyciągnąć.

Choć wypadek wyglądał groźnie, Thomas wstał przy pomocy chłopca pełniącego funkcję giermka i dał znak, że nic mu się nie stało. Belfegor podszedł do niego i dotknął chrapami jego policzka, jakby chciał go przeprosić.

Thomas pogłaskał konia i odprowadził go do stajni.

Kiedy turniej konny się zakończył, Kasztelan ogłosił zwycięzcę:

– Po zaciętym boju i wyrównanej walce zwycięzcą turnieju konnego został rycerz Bartłomiej z bractwa rycerskiego Ekskalibur!

Mieszkańcy Zalesia Królewskiego głośnym aplauzem i wiwatami cieszyli się z triumfu młodego Ostrowskiego.

Bartek przyjął z rąk Kasztelana piękny, kryształowy puchar i podziękował Thomasowi za walkę. Ten nie wyglądał na szczególnie zmartwionego, co trochę zdziwiło Bartka. Sądził, że Andersowi bardziej zależało na zwycięstwie. Chyba że tak świetnie potrafił ukryć rozczarowanie i niezadowolenie.

Po walkach finałowych w turnieju konnym, przyszedł także czas na wyłonienie najlepszych łuczników.

Mary Jane próbowała się skupić. Ją także dzielił tylko krok od zwycięstwa. Naprężyła cięciwę łuku.

Wymierzyła strzałę w sam środek tarczy.

Na ułamek sekundy jej wzrok przysłoniła lekka mgiełka. Prawie do świtu rozmawiała z Anią o relikwiarzu i teraz czuła się zmęczona. Na dodatek od samego rana coś działo się z panną Ofelią. Miała zupełnie nieobecny wyraz twarzy i odzywała się jedynie monosylabami. To było zupełnie nieprawdopodobne, żeby panna Łyczko nic nie mówiła! Nawet wtedy, gdy Jim z Martinem rozrabiali i zrobili jej jeden ze swoich głupich kawałów, w ogóle ich nie zbeształa! Mary Jane nie mogła przestać o tym myśleć i była przez to trochę rozkojarzona.

„A może ona wciąż gniewa się na mnie za to spotkanie z Thomasem?" – pomyślała. „Pewnie doniesie o wszystkim rodzicom!" – różne myśli kłębiły się w głowie Mary Jane. Wzdrygnęła się, jakby chciała je odpędzić i wreszcie wypuściła strzałę...

Chybiła.

I to sromotnie. Strzała nie trafiła nawet w tarczę.

– Buuu! – rozległ się jęk zawodu wśród widowni.

Mary Jane zdenerwowała się.

Wzięła trzy głębokie wdechy, żeby się uspokoić.

Kolejne dwie próby wyszły o wiele lepiej, ale wynik końcowy nie przyniósł jej zwycięstwa.

– Nie przejmuj się, i tak świetnie ci szło! – Bartek natychmiast podbiegł, żeby ją pocieszyć.

Mary Jane zebrało się na płacz, choć dzielnie powstrzymywała łzy.

– Gdzie jest Thomas? – rozglądała się. Chciała mu podziękować za doping.

Jim i Martin wzruszyli ramionami.

– Jeszcze przed chwilą tu był – Ania również zdziwiła się nieobecnością chłopaka. Od wczorajszego dnia łaził wciąż za Mary Jane, a teraz, gdy przegrała i potrzebowała pocieszenia, gdzieś przepadł. – Na szczęście Bartek zawsze jest z nami! – Ania dodała chytrze.

Dziewczyna uśmiechnęła się.

Tak, na Bartka zawsze mogła liczyć. Nawet, kiedy byli daleko od siebie, wiedziała, że o każdej porze może się z nim skontaktować. Spojrzała na niego z wdzięcznością.

– Co powiecie na to, żebyśmy poszukali dalszych wskazówek Wielkiego Mistrza? – Bartek zapytał szeptem. Wiedział, jak poprawić Mary Jane nastrój.
– Jest tutaj tyle ludzi, że nikt nie zauważy. A panna Ofelia jest dziś wyjątkowo zamyślona i wcale nie zwraca na nas uwagi – dorzucił zachęcająco.

– Grzechem byłoby nie skorzystać! – bliźniacy mieli szatańskie miny.

Zawsze byli skorzy do takich akcji. Szczególnie, jeśli panna Łyczko nie deptała im po piętach.

– Chodźmy jeszcze raz zbadać ten tajny korytarz w murach – Mary Jane podchwyciła pomysł i zapomniała o porażce oraz Thomasie. Od razu ułożyła w głowie plan przeszukania zamku. Przyjaciele przeszli na dziedziniec. Tam również było gwarno, tłoczno i wesoło.

– Idźcie już, ja zaraz do was dołączę – rzekł Bartek. – Powiem tylko wujkowi, że trochę się poszwendamy po zamku i wezmę klucze – mrugnął znacząco okiem.

– Tylko żeby nikt nas znowu nie zamknął – zastrzegł Jim.

– Właśnie, dlatego lepiej będzie powiadomić wujka, że kręcimy się po zamku – odparł Bartek. – Dobra, lecę do Kasztelana, chyba jest w kancelarii, a wy już możecie zacząć myszkować.

– Pi, pi, pi – Martin udał myszkę i wszyscy roześmiali się głośno.

Bartek, jeszcze rozbawiony żartem Martina, wszedł na schody prowadzące na zadaszone krużganki. Zdobione mosiężnymi guzami drzwi wiodące do pomieszczeń biurowych oraz do archiwum otworzyły się z impetem i wypadł z nich błazen. Zbiegając po schodach, potrącił ramieniem Bartka tak mocno, że chłopak nieomal stracił równowagę.

– Uważaj! – krzyknął za nim oburzony młody Ostrowski.

Błazen rozśmiał mu się w nos. Potrząsnął dzwoneczkami na swojej kolorowej, błazeńskiej czapce i pobiegł dalej. Bartek dostrzegł jeszcze kątem oka, że ten dziwny człowiek skrywał coś w szerokim rękawie.

– Co to za jeden? – Ostrowski zmarszczył brwi.
Ze złym przeczuciem stanął przed kancelarią wujka.
Coś było nie tak. Czuł to.
Drzwi do pomieszczenia były lekko uchylone, a wewnątrz panowała cisza.
Chłopiec wszedł do środka.
To, co zastał, śmiertelnie go przeraziło.
Wszędzie leżały porozrzucane dokumenty.
– Wujku? – Bartek zawołał z niepokojem. Zajrzał do sąsiedniego pomieszczenia, ale Kasztelana nie było.
Bartek przeszedł do archiwum. Tam bałagan był jeszcze większy. Wiele cennych pergaminów leżało na podłodze! Na ten widok serce chłopca załomotało, a w uszach posłyszał szum napływającej krwi. Stąpając ostrożnie, by przypadkiem nie nadepnąć na dokumenty, Bartek podszedł do szuflady, w której wujek trzymał najcenniejsze pergaminy, między innymi plany zamku, które dla Muzeum Regionalnego stanowiły wielką wartość.
Szuflada była pusta!
– Błazen! – wykrzyknął Bartek i wypadł z archiwum. Potrącając wiele osób, wybiegł na dziedziniec, a stamtąd na plac turniejowy. Wytężając wzrok, rozglądał się nerwowo. W oddali błysnął pstrokaty strój błazna i jego charakterystyczna czapka z dzwoneczkami. Bartek pognał za nim jak szalony. Kolczuga uwierała go podczas biegu, ale zupełnie na to nie zważał. Ciężko dysząc, wpadł na parking, akurat w porę, by zobaczyć, jak błazen wsiada do czarnego audi i odjeżdża.

– Kurczę! Kurczę! – Bartek powtarzał z wściekłością.

Pech chciał, że wokół nie było żywej duszy. Chłopiec rozejrzał się bezradnie. O drzewo stał oparty stary rower. Nie namyślając się za wiele, wsiadł na niego i pedałując ile sił w nogach, kontynuował pościg. Na złamanie karku zjechał z zamkowego wzgórza i pędził asfaltową drogą w dół. Za najbliższym zakrętem czarne audi całkiem zniknęło mu z pola widzenia.

Bartek spocony i zziajany naciskał na pedały.

– Wymiękam! – jęknął sam do siebie. Było okropnie gorąco, a on był nadal w kaftanie i kolczudze, czuł się jak sardynka w puszcze. Gdy zastanawiał się, co robić dalej: ścigać błazna czy zawrócić, wyminął go jakiś samochód. Jego kierowca zwolnił, opuścił szybę, wystawił głowę przez okno i zarechotał:

– Gdzie twój koń rycerzu? He, He, He!

Bartek skrzywił się.

– Ale śmieszne! – burknął, a nieuprzejmy kierowca, rechocząc, pojechał dalej.

Ściganie błazna na rowerze nie miało większego sensu. Bartek musiał powiedzieć o wszystkim wujkowi. Poza tym drzwi do kancelarii i archiwum zostawił otwarte. To było wyjątkowo głupie. Ale w pierwszym odruchu Bartek zadziałał impulsywnie i od razu ruszył w pogoń za błaznem.

Zawrócił więc rower. Westchnął ciężko, patrząc na rysujące się przed nim wzgórze. Otarł pot z czoła i z wysiłkiem zaczął pedałować. Najchętniej wyrzuciłby ten rower w krzaki, ale nie należał przecież do niego. Musiał go odstawić na miejsce, tam, skąd go wziął.

Podczas gdy Bartek uprawiał kolarstwo wyczynowe, do kancelarii Kasztelana weszła panna Ofelia. To, co zobaczyła, wprawiło ją w osłupienie i przerażenie.

Rozdział XIX

Król przekrętów

– Masz to? – Antonio Silva spytał niecierpliwie.
– Mam – odparł człowiek w przebraniu błazna. – Wiele mnie to kosztowało! – zrobił znaczącą minę.
– Później się rozliczymy, dawaj!
Błazen podał mu kawałek pergaminu.
– Nikt cię nie widział? – zapytał Silva.
– O mały włos, nakryłby mnie ten chłopak, Ostrowski – Błazen ledwo wymówił prawidłowo polskie nazwisko. – Ale byłem szybszy! – zaśmiał się chełpliwie. – Gonił mnie jeszcze potem na rowerze!
– Na rowerze?
– No też się zdziwiłem, że jest taki głupi! – błazen wyszczerzył popsute zęby w uśmiechu. – Chciał dogonić moje audi! Ha, ha! – pokładał się ze śmiechu.
Antonio spojrzał spode łba na swojego człowieka.
– Pedro, ściągnij już to durne przebranie, bo sam głupio wyglądasz! – fuknął.
– To ty kazałeś mi się w to ubrać, żebym się wtopił w tłum! – Motta przypomniał urażony, ściągając jednocześnie swoją czapkę z dzwoneczkami.
Szef już jednak nie słuchał. W skupieniu wpatrywał się w zdobyty dokument.

– To na pewno ta mapa? Jakby inaczej wygląda – mruknął.
– Innej tam nie było. Przetrząsnąłem dosłownie wszystko!

Antonio podrapał się po czarnej, szczeciniastej czuprynie. Szczerze mówiąc, mapie, którą zostawił dziadek nie przyjrzał się zbyt dobrze. Później wpadła w ręce tej blondynki, niby szamanki. Jeśli ona mówi prawdę, że oddała mapę do muzeum, to musi być właśnie ta sama. Ni w ząb jednak nie mógł zrozumieć oznaczeń ani napisów.

– Znowu potrzebny będzie tłumacz – wkurzył się. – Idź już! – warknął do Pedra.

Gdy został sam w hotelowym pokoju, zajrzał do obficie zaopatrzonego barku i nalał sobie drinka. Poczuł się jak król. Nie miał może królewskiej władzy, ale był za to królem przekrętów.

– Teraz, kiedy mam mapę, to ja znowu dyktuję warunki! Zaproponuję za nią zakonowi podwójną cenę. Będą musieli ze mną negocjować – mówił do siebie. – A poza tym, będę tropił te dzieciaki i może dzięki nim sam odnajdę skarb i obficie się obłowię – monologował dalej. – I to ja wywiodę wszystkich w pole! – uśmiechnął się z iście makiaweliczną miną.

Antonio Silva był tak pewien zwycięstwa w tej sprawie, że, nie przyglądając się już zbytnio mapie, od razu wybrał numer do Waltera Schneidera.

– Halo? Pan Walter? – zapytał, a gdy głos w słuchawce potwierdził, Antonio rzekł: – Mam mapę!

Z Kronik Archeo

Ale się narobiło! Ostatniego dnia turnieju ktoś znowu włamał się do archiwum wujka Ryszarda i wykradł mapę naszego zamku! Ciekawe, po co mu ona?! Czyżby relikwiarz naprawdę znajdował się w Zalesiu Królewskim?

Bartek jest pewien, że kradzieży dokonał mężczyzna w przebraniu błazna. Zbiegł czarnym audi. Mój brat zapamiętał numer rejestracyjny samochodu i przekazał go policji.

I jeszcze jedna ciekawostka. Po zakończeniu turnieju, Thomas nie wyjechał. Tak mu się spodobało w naszym miasteczku, że razem z ojcem został na kilka dni w Zalesiu Królewskim i zamieszkali w pensjonacie „Magnolia". Chcą pozwiedzać również okolice. Bartek nie jest z tego zbyt zadowolony, tym bardziej, że Mary Jane przyznała mu się w końcu, że zdradziła Thomasowi nasze tajemnice.

Czasem się zastanawiam, dlaczego on tak bardzo interesuje się relikwiarzem Wielkiego Mistrza, hm...

Ania

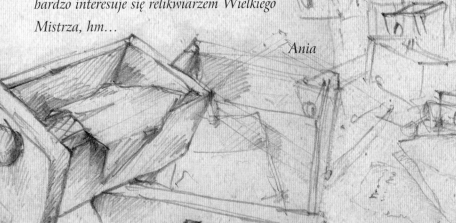

ROZDZIAŁ XX

Marzenie alchemików

– Po co ten błazen wykradł plany waszego zamku? – Mary Jane rozmyślała głośno, huśtając się w hamaku rozwieszonym między dwoma starymi drzewami czereśniowymi w ogrodzie Bursztynowej Willi.

Jim i Martin siedzieli na drzewach i objadali się dojrzałymi czereśniami. Bartek z Anią wylegiwali się na leżakach. Wokół kwitły kwiaty, a nad heliotropem unosiły się chmary różnobarwnych motyli.

– Może ten ktoś wie więcej od nas? – wtrącił Jim, potrząsając kolczykami z czereśni.

– Wujek jeszcze sprząta ten cały bałagan – włączył się do rozmowy Bartek. – Jestem już pewien, że ktoś szuka relikwiarza. Kasztelan wybiera się do Wiednia, chce rozmawiać w tej sprawie z Bruno Platterem.

– Sądzisz, że to właśnie zakon jest odpowiedzialny za włamania? Że to oni szukają relikwiarza?

– Wszystko jest możliwe – odparł Bartek. – Wujek chce się dowiedzieć, o co tak naprawdę z tym relikwiarzem chodzi.

– Myślicie, że powiedzą mu prawdę? – zwątpiła Mary Jane.

– Powinniśmy jechać z wujkiem, moglibyśmy sami wysondować, kto za tym wszystkim stoi – powiedziała Ania.

– Spróbuję namówić Kasztelana, nie wiem, czy zgodzi się zabrać nas wszystkich – rzekł Bartek.

– Ale spróbować nie zaszkodzi – odpowiedział gdzieś z najwyższej gałęzi Martin. – Jim, tutaj są najbardziej

Bruno Platter
urodził się 21 marca 1944 roku w Unterinn am Ritten. Jest doktorem prawa kanonicznego i duchownym rzymskokatolickim. W 1964 r. wstąpił do Zakonu Krzyżackiego, który nie ma już charakteru rycerskiego. Współczesna nazwa zgromadzenia to Zakon Braci i Sióstr Domu i Szpitala Niemieckiego Najświętszej Marii Panny w Jerozolimie. 26 sierpnia 2000 r. został wybrany przez Kapitułę Generalną opatem oraz zwierzchnikiem zakonu. Od tego czasu, już drugą kadencję, pełni funkcję Wielkiego Mistrza. Kieruje zakonem ze swojej siedziby w Wiedniu.

Pelikan
to ptak, który według legendy rozdzierał swoją pierś, aby nakarmić krwią młode. Według innej wersji, pelikan własną krwią przywrócił do życia młode zaduszone przez węża. Dlatego ptak ten stał się chrześcijańskim symbolem ofiarności i poświęcenia. W sztuce symbolizuje również Chrystusa.

dojrzałe! – zawołał do brata, sięgając po garść nagrzanych słońcem, słodkich czereśni.

– Uważajcie na siebie, żebyście nie spadli! – przestrzegła bliźniaków Mary Jane. – Co sądzisz o kostce z pelikanem? Masz już jakąś koncepcję? – zwróciła się do Bartka.

– Wygląda jak fragment jakiejś mozaiki – młody Ostrowski obracał w dłoniach płytkę. – Co ona może mieć wspólnego z kluczem? Wciąż się nad tym zastanawiam.

– Sprawdziłam, co oznacza pelikan – pochwaliła się Mary Jane. – To symbol ofiarności. Legendarny pelikan karmił swoje młode własną krwią. Ale natrafiłam na jeszcze jedno znaczenie pelikana...

– Na jakie? – Bartek z Anią zapytali równocześnie.

Mary Jane usiadła w hamaku. Miała nieco zakłopotaną minę.

– Właściwie, to ktoś mi podsunął inną symbolikę...

– Niech zgadnę, Thomas? – Bartek wpadł w irytację.

Mary Jane skinęła twierdząco głową.

– Chyba nie powiedziałaś mu tego, że znaleźliśmy klucz i tę kostkę? – Tym razem nawet Ania podniosła się oburzona z leżaka.

– Nie! – Mary Jane uspokajającym gestem rąk uciszyła przyjaciół. – O tym nie pisnęłam słówka. Ale rozmawialiśmy o pelikanie – wyznała – jako o symbolu – dodała szybko. – No i on wtedy powiedział mi ciekawą rzecz, że w alchemii pelikan to symbol… kamienia filozoficznego!

– Kamień filozoficzny mógł zamieniać ołów w złoto – dorzucił Bartek.

– Chcecie powiedzieć, że w relikwiarzu znajduje się kamień filozoficzny? – Martin aż zeskoczył z drzewa. Usta miał umazane czereśniowym sokiem, a rude włosy zmierzwione.

– Zaczynam się w tym wszystkim gubić! – jęknął Jim.

– Sądzisz, że Krzyżacy posiadali kamień filozoficzny? – Martin ponowił pytanie. – Potrafili zamieniać ołów w złoto? – patrzył z niedowierzaniem, na przyjaciół.

– Krzyżacy byli potężni. Musieli posiadać mnóstwo złota, na ziemiach polskich utworzyli własne państwo. Budowali zamki i miasta – mówił Bartek. – Ale nie wierzę, żeby teza o kamieniu filozoficznym była prawdziwa.

Kamień filozoficzny:

wbrew swojej nazwie nie był to kamień, lecz substancja mogąca zamieniać w wyniku procesu transmutacji metale nieszlachetne, jak rtęć czy ołów, w złoto. Miał też wiele magicznych właściwości: można było stworzyć z niego eliksir życia, zapewniający nieśmiertelność każdemu, kto go wypije. Stworzenie kamienia filozoficznego było marzeniem wielu alchemików. Legenda głosi, że udało się to Nicolasowi Flamelowi – francuskiemu alchemikowi żyjącemu w XV wieku.

– A ja uważam, że każdy trop jest ważny i ten również powinniśmy wziąć po uwagę – odparła Mary Jane. – Pomyślcie tylko, dlaczego ktoś zadał sobie tyle trudu, żeby ukryć sam relikwiarz? On musi zawierać jakąś bezcenną informację! – upierała się. – Stąd te wszystkie włamania i kradzieże w zamku. I to dlatego ktoś chciał nas nastraszyć i zniechęcić do poszukiwań! – przekonywała. – Ten relikwiarz kryje wielką zagadkę!

Bartek zadumał się. Hipoteza Mary Jane była zupełnie fantastyczna, ale przecież już niejeden raz przekonał się, że często, to co inni uznawali za bajki i legendy okazywało się prawdą! Może rzeczywiście powinni pójść tym tropem? Tropem kamienia filozoficznego?

– A ja już widziałam takiego pelikana – odezwała się nagle Ania.

Przyjaciele spojrzeli na nią pytająco.

– Wiem, gdzie musimy szukać relikwiarza – oznajmiła.

– Gdzie? – nawet Jim zeskoczył wreszcie z drzewa.

– To bardzo proste – rozśmiała się. – W Malborku!

– Jasne! – Bartek poderwał się. – Studnia! Na dachu studni znajduje się gniazdo pelikana, karmiącego swoje pisklęta!

– Relikwiarz jest w studni? – Martin próbował nadążyć.

– W Malborku jest zamek, był on siedzibą wielkich mistrzów. A na dziedzińcu zamku jest studnia, której daszek zwieńczony jest rzeźbą pelikana – Bartek tłumaczył cierpliwie. – Tylko czy to nie byłoby zbyt proste? – zwątpił.

– Ale na razie to nasz jedyny trop – podchwyciła z entuzjazmem Mary Jane. – Musimy go sprawdzić. Nie mamy wyboru.

Legenda zamku Malbork

„Zuchwały rabunek"

Nikt nie wiedział, jak zasobny był krzyżacki skarbiec. Była to pilnie strzeżona tajemnica. Prawdę znali jedynie wielki mistrz, wielki komtur oraz podskarbi, który prowadził księgi rachunkowe. W księdze wydatków podskarbi odnotowywał każdy wydany szeląg. Skarbiec mieścił się w Malborku, na pierwszym piętrze Zamku Wysokiego. W niewielkiej izbie zgromadzono ogromne bogactwo.

O zawartości skarbca krążyły legendy nawet w Europie. Opowiadano, że cała komnata, w której znajdował się skarbiec od posadzki po sufit wypełniona była srebrem, szlachetnymi kamieniami oraz złotem. Niektórzy kronikarze pisali wręcz o wieży pełnej złota.

Komnatę chroniły bardzo grube ściany i solidne, dębowe drzwi okute żelazem. Drzwi zamykano na trzy zamki. Jedynie trzy osoby posiadały do nich trzy oddzielne klucze: wielki mistrz, wielki komtur oraz podskarbi.

Musieli stawić się razem, żeby wejść do skarbca. Bez ich wiedzy, nikt nie miał prawa wstępu do wnętrza komnaty. Nie sposób więc było dobrać się do krzyżackiego złota. Wieść jednak niesie, że podjęto taką próbę. Wydarzyło się to ponoć w roku 1364, za panowania wielkiego mistrza Winrycha von Kniprode.

Pewnego dnia, po wejściu do skarbca odkryto brak znaczącej sumy guldenów węgierskich. Natychmiast rozpoczęto dochodzenie.

Szybko ustalono, że włamania dokonali piekarze, którzy pracowali piętro niżej. Tuż pod skarbcem znajdowała się bowiem piekarnia oraz kuchnia. Rabusie wybili w suficie dziurę i w ten sposób dostali się do wnętrza komnaty. Przestępców wkrótce schwytano. Za ten czyn spotkał ich srogi los.

– Zamek w Malborku był jedną z największych warowni w średniowiecznej Europie. To najlepsze miejsce, żeby ukryć w nim skarb – stwierdziła Ania. – Poza tym przeczytałam w książce wypożyczonej od panny Ofelii, że pierwotnie skarbiec mieścił się właśnie tam. O jego zawartości krążyły prawdziwe legendy i podobno nawet kiedyś się do niego włamano. Może właśnie dlatego później wielki mistrz Ulrich von Jungingen ukrył relikwiarz w innym miejscu zamku? Tak by nikt niepowołany nie mógł się do niego dostać?

– To może mieć sens. Też czytałem o tych rabusiach. – Bartek kiwał głową. – Ale po co, w takim razie, ktoś ukrył te wszystkie wskazówki w naszym zamku? Przecież to kilkadziesiąt kilometrów od Malborka!

– No wiesz, dla zmyłki. Zabezpieczył w ten sposób skarb przed złodziejami – dodał rzeczowo Martin.

– Albo miał zupełnie inny powód – odezwała się Mary Jane. – Nieważne, jakie kierowały nim motywy, może poznamy je później. Powinniśmy jednak zrobić wypad do Malborka, zresztą, my z Jimem i Martinem nigdy tam nie byliśmy.

– Jak to możliwe, że jeszcze was tam nie zabraliśmy? – Bartek sam się zdumiał. – Nie, no w takim razie koniecznie musimy pojechać!

– Hura! – wykrzyknęli mali Gardnerowie, po czym energicznie znowu wleźli na swoje drzewa, żeby objadać się czereśniami, a dziewczynki niezwłocznie zaczęły planować wycieczkę.

Z Kronik Archeo

    Mieliśmy dzisiaj z rodzicami jechać do Malborka. Ale zamiast tego, siedzimy z Mary Jane w ogrodzie, a Jim i Martin spędzają dzień w łóżkach. Wczoraj przesadzili z czereśniami i okropnie rozbolały ich brzuchy. Moja mama kazała im położyć się i teraz okropnie w pokoju pomstują. Babcia Aniela parzy dla nich specjalne herbatki na trawienie, ale oni nie chcą ich pić. Tak to jest z chłopakami.

    Za to Bartek pakuje się. Wujek Ryszard nie mógł zabrać do Wiednia nas wszystkich, ale zgodził się, żeby towarzyszył mu mój brat. Wrócą za trzy dni.

    Wyjazd do Malborka odłożyliśmy do czasu przyjazdu Bartka. Na razie same z Mary Jane postaramy się zdobyć więcej informacji na temat relikwiarza.

    Panna Ofelia zaprosiła nas na lody, ale Jim z Martinem boją się do niej iść. Stwierdzili, że to zaproszenie to jakiś podstęp, dlatego już wolą zostać w swoich łóżkach. Ja i Mary Jane pójdziemy. Wstąpimy przy okazji do biblioteki, może panna Ofelia znajdzie dla nas coś intersującego o Krzyżakach. Sama jestem ciekawa, czy oni rzeczywiście posiadali kamień filozoficzny.

                               Ania

Rozdział XXI
Tajemnice panny Ofelii

Po zakończeniu turnieju rycerskiego, w Zalesiu Królewskim znowu zapanował zwykły spokój niewielkiego, nieco sennego miasteczka. Ania i Mary Jane minęły kawiarniany ogródek i skierowały kroki do kamienicy o świeżo odrestaurowanej fasadzie. Wykuty, ozdobny napis głosił, że to „Biblioteka".

Panna Ofelia nie skończyła jeszcze pracy, ale dziewczynkom zależało, żeby ją zastać właśnie w bibliotece. Gdy weszły do środka, zaskrzypiały nieco drzwi i zatrzeszczała podłoga pokryta dębowym parkietem. Od razu poczuły charakterystyczny zapach książek, od których uginały się pełne regały.

Panna Łyczko obsługiwała właśnie starszą czytelniczkę. Na widok dziewczynek uśmiechnęła się znad stosu książek na biurku.

– O, już jesteście? Chcecie coś wypożyczyć? – zapytała życzliwie, podając jednocześnie starszej pani karty do podpisania.

Mary Jane wprost zatkało. Panna Ofelia była jakaś taka zupełnie inna w tej bibliotece! Angielka nie potrafiła dokładnie opisać, na czym ta przemiana polegała, ale rzucała się w oczy. Ofelia z promiennym uśmiechem polecała starszej pani jakiś doskonały romans, a ta wprost rozpływała się nad uroczą bibliotekarką:

– Och, moja droga – mówiła do niej – zawsze wybierasz dla mnie najcudowniejsze książki! Jesteś najlepszą bibliote-

karką, jaką znam! – Starsza pani z wdzięcznością uścisnęła dłoń panny Łyczko.

Twarz Ofelii jaśniała radością.

– Przypominam pani Walerio, że w piątek jest nasz Klub Dyskusyjny Książki. Mam nadzieję, że pani przyjdzie. Pani Petronela przyniesie swoje słynne ciasteczka, a ja przygotuję kawę i herbatę.

– Naturalnie, że przyjdę, moja droga. Uwielbiam nasz Klub! – zapewniła pani Waleria.

Mary Jane przecierała oczy ze zdumienia. Panna Ofelia była serdeczna, miła i taka swobodna. Jim z Martinem w życiu jej nie uwierzą.

– Co się stało? Ktoś ją zaczarował? – szepnęła do Ani.

Ania musiała przyznać, że taką pannę Ofelię również rzadko widywała. Jedynie w bibliotece.

– Wiesz, to jest chyba jej królestwo – zachichotała w odpowiedzi na pytanie przyjaciółki. – Tutaj rządzi panna Ofelia i tutaj czuje się najlepiej.

– To do zobaczenia! – dziewczynki usłyszały, jak żegna starszą panią, która wychodziła z kilkoma książkami pod pachą.

Kiedy pozostały same z panną Łyczko, Ania zagadnęła:

– Chciałybyśmy wypożyczyć coś o Krzyżakach.

– Coś konkretnego? – panna Ofelia zainteresowała się.

Dziewczynki wymieniły zakłopotane spojrzenia. Mary Jane i tak nie potrafiła zbyt dobrze czytać po polsku, więc to Ania musiała zdecydować o wyborze fachowej literatury.

– Może coś o tajemnicach Zakonu Krzyżackiego? – Ania wybąkała.

– O tajemnicach, hm…

Pana Łyczko zamyśliła się na moment.

– Chyba mam coś w sam raz dla was – popatrzyła na Anię, jakby oceniała jej możliwości czytelnicze. – Powędrowała gdzieś między półki i zniknęła na krótką chwilę.

Dziewczynki stały przy jej biurku i czekały. Nagle Ania zahaczyła nogą o duże ucho torby panny Ofelii. Torba przewróciła się i wypadło z niej kilka drobiazgów. Ania pośpiesznie je pozbierała i szybko wsunęła do środka. Gdy wkładała ulubioną płytę panny Ofelii zespołu Clannad, zauważyła w torbie dziwny, gruby zeszyt o podniszczonej okładce. Po płóciennej, starannej oprawie Ania rozpoznała od razu robotę dziadka Pawła, introligatora.

– Zobacz! – Ania niemal bezgłośnie wyszeptała do przyjaciółki.

– Co to takiego? – Mary Jane ze zdumienia uniosła brwi.

Obie wiedziały, że nie powinny tego robić, ale ciekawość pokonała wszelkie opory i dobre maniery. Dziewczynki obejrzały się nerwowo, by sprawdzić, czy panna Łyczko nie nadchodzi, a potem sięgnęły po zeszyt.

– *Dziennik podróży* – przeczytała Ania. Przekartkowała gruby brulion. Wewnątrz było mnóstwo notatek, zdjęć jakiegoś mężczyzny z podpisem: Wiktor Łyczko, i wycięte z gazet artykuły na temat wyprawy owego Wiktora do dżungli amazońskiej w poszukiwaniu El Dorado. Była też wycięta z gazety fotografia niejakiego pułkownika Fawcetta. Zeszyt pękał od biletów lotniczych, kolejowych, autokarowych w przeróżnych kolorach i językach! Było mnóstwo odręcznie sporządzonych

mapek i notatek, a wszystko to spisane ręką panny Ofelii! Ania dobrze znała charakter jej pisma. Pomyłka nie wchodziła w rachubę. Kartując dziennik, nie napotkała tam ani jednej wzmianki o Bieszczadach! Zawartość brulionu dotyczyła raczej Ameryki Południowej! Co to miało znaczyć? Czy panna Ofelia odbywała jakieś tajemnicze podróże? Dlaczego nikt o tym nie wiedział? Setki pytań cisnęło się dziewczynkom na usta.

– Mam dla was dwie idealne książeczki – usłyszały głos zbliżającej się bibliotekarki.

Ania i Mary Jane odskoczyły od torby jak oparzone. Zdążyły jeszcze do niej wrzucić brulion.

– Coś się stało? – panna Łyczko łypnęła na nie podejrzliwie, zupełnie nie jak bibliotekarka, ale jak zwyczajna panna Ofelia. Dziewczynki miały miny, jakby zobaczyły ducha albo coś przeskrobały.

– Ależ nie, nie. Wszystko w porządku! – obie gorliwie zapewniły. Mary Jane odsunęła jeszcze niepostrzeżenie nogą torbę, z której wystawał koniuszek dziennika. Nie chciała, żeby panna Ofelia domyśliła się, że grzebały w jej rzeczach.

– Jakie książki pani dla nas znalazła? – zapytała szybko, aby odwrócić uwagę panny Łyczko.

– „Sekretne sprawy Krzyżaków" Pawła Pizuńskiego oraz „Legendy i opowieści zamku Malbork" Marka Stokowskiego.

– O, mogą być naprawdę ciekawe! – ucieszyła się Ania. Choć teraz znacznie bardziej od średniowiecznych sekretów interesował ją sekret panny Ofelii.

– Co was tak nagle natchnęło na Krzyżaków? Chyba nie szukacie relikwiarza? – panna Łyczko znowu się zaniepokoiła. – Bo nie mam zamiaru wyciągać was z kłopotów! – jej głos nabrał ofeliowego tonu.

– Jedziemy do Malborka pokazać Mary Jane, Jimowi i Martinowi zamek. Chciałam im wcześniej coś więcej opowiedzieć o tej warowni i o zakonie – Ania odparła wymijająco.

– A to się akurat chwali. Gdy coś się zwiedza, lepiej mieć jakieś pojęcie, co się w ogóle ogląda – podkreśliła panna Łyczko, po czym wyciągnęła z książek karty biblioteczne, a potem podała lektury dziewczynkom. Spojrzała na zegarek i rzekła: – Koniec pracy na dziś. Zamykamy! Możemy iść na lody! – zawołała wesoło.

Ania przycisnęła do piersi wypożyczone książki i z ulgą spojrzała na Mary Jane. Najwyraźniej panna Ofelia nie zauważyła, że ktoś poznał jej tajemnicę.

Z Kronik Archeo

   Zapytałam mamę, kim był Wiktor Łyczko. Okazało się, że był ojcem panny Ofelii. Mama powiedziała, że pan Wiktor był zapalonym podróżnikiem. Zaginął w amazońskiej dżungli, gdy panna Ofelia była jeszcze bardzo mała. Podobno szukał El Dorado! Ale rodzice nic więcej o tym nie wiedzą, ponieważ panna Ofelia nie rozmawia na ten temat i jest bardzo skryta. Mama powiedziała, że to dla panny Łyczko na pewno bolesne wspomnienia i nie wolno jej zmuszać, by się zwierzała. Gdy zapytałyśmy z Mary Jane, czy panna Ofelia podróżuje czasem do Ameryki Południowej i czy nie szuka przypadkiem złotego miasta, rodzice dziwili się, skąd nam coś takiego przyszło do głowy.

   – To najbardziej niedorzeczny, absurdalny i fantastyczny pomysł, o jakim słyszałem! – roześmiał się tata. – Ofelia lubi wygodne hotele, plaże i nasze góry. Nie sądzę, żeby pociągała ją dżungla – dodał.

Ale rodzice nie widzieli tego niezwykłego „Dziennika podróży". My z Mary Jane wiemy swoje! Panna Ofelia ma tajemnicę, i to niejedną. Może ona naprawdę, tak jak jej ojciec, szuka El Dorado?

Szkoda, że nie ma tu Bartka! Ciekawe, czy uda mu się porozmawiać z wielkim mistrzem? Może wyjaśni się choć sprawa relikwiarza. Jim i Martin czują się już dobrze i znowu moglibyśmy przystąpić do poszukiwań.

Tymczasem muszę pocieszać Mary Jane. Umówiła się na randkę z Thomasem, ale on nie przyszedł! Wygląda na to, że nie ma go wcale w miasteczku. Czyżby wyjechał bez słowa pożegnania? Sam był przecież taki zainteresowany relikwiarzem i podsunął nam ten pomysł z kamieniem filozoficznym. Dlaczego więc wyjechał?

Ania

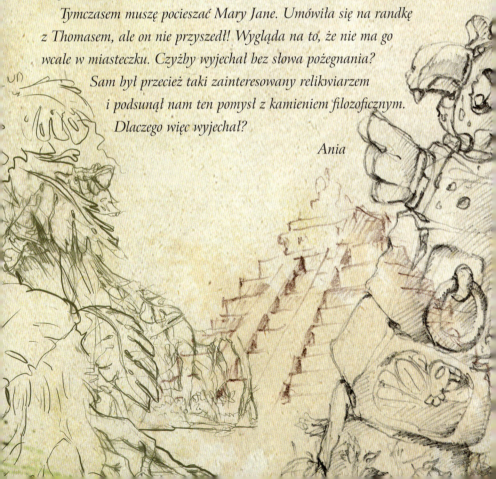

Rozdział XXII
Nieoczekiwane spotkanie

Nad Wiedniem świeciło piękne słońce. Bartek stał pośrodku Stephansplatz. Otaczał go tłum przechodniów, Wiedeńczyków oraz turystów z całego świata. Na placu znajdowały się budynki o nowoczesnej architekturze, a obok nich, niczym zjawa z zamierzchłej epoki, wznosiła się katedra św. Szczepana.

– Niesamowita! – Bartek przystanął, właśnie po to, by ją podziwiać. Gdyby była z nim Ania, natychmiast usiadłaby, żeby ją naszkicować. – Uśmiechnął się na myśl o siostrze. Niestety, nie miał jej talentu malarskiego, nawet zdjęcia znacznie lepiej robiła Mary Jane. Lecz tym razem dziewczyny nie mogły mu towarzyszyć, a szkoda. Katedra na pewno by je zachwyciła. Wydawało się, że cała wykonana jest z kamiennej koronki.

Bartek spojrzał na zegarek. Miał jeszcze dziesięć minut. O 13:20 umówił się z wujkiem Ryszardem koło kolumny św. Trójcy. Musiał przyspieszyć, żeby zdążyć. Kasztelan będzie się niepokoił, jeśli o wyznaczonej porze nie zastanie tam

Katedra św. Szczepana jest symbolem Wiednia i jedną z najważniejszych budowli gotyckich w Europie. Wznosi się w centrum placu Stephansplatz w najstarszej części miasta. Została zbudowana w latach 1230-1263 w stylu późnoromańskim. Na początku XVI wieku katedra uzyskała gotycką formę. Znajduje się w niej wiele cennych dzieł sztuki.

bratanka. Wujek miał kilka ważnych spraw do załatwienia, a Bartek wolał w tym czasie pozwiedzać centrum Wiednia. Kiedy doszedł na miejsce, już z daleka rozpoznał sylwetkę wujka. Pomachał do niego ręką, ale Kasztelan jeszcze go nie dostrzegł. Zerkał na zegarek i rozglądał się wokoło.

– Hej, wujku! – Bartek zawołał głośno, gdy był już na tyle blisko, że Kasztelan mógł go usłyszeć.

– O, jesteś! Już się bałem, że gdzieś się zgubiłeś – wujek odetchnął z ulgą.

– Pozałatwiałeś swoje sprawy? – zaciekawił się Bartek.

– Tak, mam już to z głowy, możemy iść do kawiarni, napiłbym się kawy. Co powiesz na kawałek dobrego ciasta?

– Jasne, że nie odmówię! – roześmiał się Bartek.

Kolumna św. Trójcy, nazywana też kolumną morową, znajduje się na Placu Graben w Wiedniu. Została wzniesiona przez cesarza Leopolda I na pamiątkę ocalenia go od epidemii dżumy, która zbierała strasznie żniwo wśród mieszkańców miasta w 1679 roku. Barokową kolumnę zaprojektował Matthias Rauchmiller.

Razem z wujkiem skręcili w jedną z bocznych uliczek. Co rusz napotykali przytulne kawiarnie i restauracje ze stolikami bezpośrednio wystawionymi na ulicy. W jednej nich zajęli miejsca przy okrągłym stoliku. Natychmiast zjawił się kelner z kartą dań. Po długim namyśle wybrali sernik wiedeński, kawę oraz mrożoną herbatę dla Bartka. Gdy kelner zostawił ich samych, Bartek dyskretnie sprawdził, czy nikt nie podsłuchuje, a następnie spytał ściszonym głosem:

– Dowiedziałeś się czegoś? Spotkałeś się z wielkim mistrzem?

Kasztelan wziął głęboki oddech.

– Niestety, Brunona Plattera dzisiaj nie było. Wyznaczono mi audiencję na jutro. Zostaniemy tu jeszcze jeden dzień. Muszę usłyszeć z usta samego wielkiego mistrza, czy zakon ma coś wspólnego z kradzieżą dokumentów. Rozmawiałem z jednym z dostojników. Oburzył się podobnym podejrzeniem i stwierdził, że to absurd. Twierdził, że zakon nie ma nic wspólnego z tą sprawą i nie poszukują relikwiarza.

– Jak to? – Bartek omal nie zakrztusił się sernikiem. – Przecież przedstawiciele zakonu byli w Zalesiu jeszcze w zeszłym roku, na krótko przed tym, jak odnalazłeś pergamin!

– I to jest w tym wszystkim najdziwniejsze – wujek stuknął palcami w blat stolika. – Brat Norbert z całą stanowczością twierdził, że na pewno nie byli to wysłannicy zakonu!
– W takim razie, kto? Ktoś się pod nich podszywa?
– Przyznam się, że to wszystko zaczyna mnie przerastać – wujek Ryszard bezradnie rozłożył ręce. – Za dużo niewiadomych. Ktoś obcy szwenda się po moim zamku, demoluje archiwum i wykrada pergamin i plan zamku. Po co? Dlaczego?
– Kasztelan pytał sfrustrowany.
Bartek zamyślił się. Rozważał, czy powiedzieć wujkowi o swoich podejrzeniach. W końcu zwrócił się do Kasztelana:
– Brałeś pod uwagę, że może chodzić o coś więcej niż relikwiarz?
Wujek zmarszczył brwi.
– Co masz na myśli?
– No nie wiem, może w grę wchodzi jakiś skarb?
Wujek zamyślił się.
– To raczej mało prawdopodobne – rzekł. – Te wszystkie zdarzenia, które miały miejsce w ostatnim czasie, były pewnie tylko dziełem przypadku, a my niepotrzebnie doszukujemy się jakichś celowych działań. Dajmy sobie na dzisiaj spokój z tymi spekulacjami i lepiej pozwiedzajmy Wiedeń – wujek odstawił filiżankę i skinieniem głowy przywołał kelnera.
Po zapłaceniu rachunku, Bartek i wujek Ryszard wyszli na szeroką, gwarną ulicę. Ustalali właśnie plan zwiedzania, gdy obok nich pasem dla rowerów z wielką gracją przejechała na segwayu młoda kobieta w szykownym kostiumie i szpilkach

Elżbieta Bawarska, znana jako Sissi, urodziła się 24 grudnia 1837 roku w Monachium w rodzinie Wittelsbachów. Była żoną cesarza Franciszka I, cesarzową Austrii i królową Węgier. Kobieta o wyjątkowej urodzie, inteligencji i wrażliwości. Cesarzową została w wieku 16 lat. Przyzwyczajona do swobody oraz do przebywania na świeżym powietrzu na łonie natury, nigdy nie dostosowała się do sztywnej etykiety obowiązującej na cesarskim dworze, a także do wiecznej krytyki despotycznej teściowej cesarzowej Zofii. Nie mogła decydować o wychowaniu swoich dzieci. Osamotniona, ukojenia szukała w jeździectwie i licznych podróżach. Została zamordowana 10 września 1898 roku przez włoskiego anarchistę. Niezrozumiana za życia, po śmierci stała się legendą.

na niebotycznych obcasach. W jednej ręce trzymała błyszczący telefon komórkowy i omawiała jakieś sprawy biznesowe w drodze do swojego biura.

– Ciekawe, co by powiedziała panna Ofelia na taki wehikuł? Mogłaby nim jeździć do biblioteki – zachichotał Bartek.

– Za to Ania i Mary Jane byłyby zachwycone – roześmiał się wujek. – A skoro jesteśmy już przy dziewczynach, to wstąpmy do sklepu i kupmy im coś, póki mamy trochę czasu.

– Masz rację, wujku – Bartek przystał na ten pomysł.

– Ofelia nie darowałaby mi, gdybym nie kupił jej filiżanki z podobizną Sisi. Bardzo mnie o to prosiła przed wyjazdem.

– Chodzi o tę cesarzową Austrii? – zapytał Bartek.

– Tak, Ofelia przecież uwielbia romantyczne historie – westchnął Kasztelan, po czym obaj z Bartkiem weszli do jednego z licznych sklepów z pamiątkami.

W sklepie wszystko miało twarz cesarzowej Sisi albo Mozarta. Porcelanowe talerzyki, filiżanki, kubeczki, a nawet czekoladki. Bartek wybrał kilka pudełek z pysznymi czekoladowymi kuleczkami Echte Salzburger Mozartkugeln.

Kiedy kupili już upominki, wrócili do samochodu i wyruszyli do pałacu Schönbrunn, który był niegdyś letnią rezydencją cesarskiego rodu Habsburgów.

Kilka godzin zajęło im zwiedzanie pełnych przepychu komnat. Potem udali się na spacer do parku otaczającego pałac. Było już późne popołudnie, gdy minęli fontannę Neptuna i wspięli się na wzgórze, gdzie wznosiła się słynna Glorietta. Roztaczał się z niej przepiękny widok na pałac i niezwykle malowniczą panoramę Wiednia. Na koniec postanowili zobaczyć labirynt utworzony z równiutko przyciętego żywopłotu grabowego i cisowego.

Wolfgang Amadeusz Mozart

urodził się 27 stycznia 1756 roku w Salzburgu. Ten słynny austriacki kompozytor swoje pierwsze utwory skomponował w wieku pięciu lat. Jako cudowne dziecko dawał liczne koncerty w wielu miastach Europy. Miał fenomenalną pamięć muzyczną. Skomponował kilkaset utworów muzycznych, w tym 50 symfonii, kilkadziesiąt koncertów fortepianowych, skrzypcowych, fletowych oraz na inne instrumenty solowe z towarzyszeniem orkiestry, 20 mszy, a także niedokończone przez niego „Requiem". Pisał również opery, m.in. „Czarodziejski flet", „Wesele Figara", „Don Giovani". Zmarł 5 grudnia 1791 roku w Wiedniu.

Pałac Schönbrunn:

zaprojektowany przez Johanna Bernharda Fischera von Erlacha został zbudowany na polecenie cesarza Leopolda I na przełomie XVII-XVIII wieku. Pałac posiada 1441 komnat. Wnętrza utrzymane są w stylu rokoko, pokryte złoceniami, wspaniałymi freskami, sztukaterią. Pałac otacza rozległy ogród utrzymany w stylu francuskim. Jest w nim Palmiarnia, najstarsze w Europie zoo, a na wzgórzu, z którego rozciąga się widok na Wiedeń, wzniesiono Gloriettę. U stóp wzgórza znajduje się Fontanna Neptuna.

Glorietta w Schönbrunn: budowla ogrodowa wzniesiona na wzgórzu w formie otwartego pawilonu z kolumnami i arkadami. Rozpościera się z niej niezwykle malowniczy widok na pałac Schönbrunn oraz na Wiedeń.

– Co powiesz wujku na mały wyścig? – zaproponował Bartek, gdy stanęli przed wejściem do labiryntu.

– Hm... Pomyślmy... – wujek udawał, że się namyśla.

– No to jak? – nalegał Bartek.

– Zgoda! – Kasztelan przybił piątkę z bratankiem. – Kto pierwszy dotrze do wyjścia, wygrywa i stawia lody!

– Wybierasz drogę w prawo, czy w lewo? – zapytał Bartek.

– W lewo – odparł wujek po krótkim namyśle.

– To ja idę w prawo – Bartek skręcił w przeciwną alejkę. – Do zobaczenia przy wyjściu! – Pomachał jeszcze ręką.

Bartek posuwał się szybkim krokiem. W labiryncie był zupełnie sam i nagle poczuł się trochę nieswojo. Jakby wszystkich pożarły jakieś bestie. Wzdrygnął się i pomyślał jednocześnie, że jeśli nadal będzie sobie wyobrażał brednie, to nie dotrze do wyjścia przed wujkiem.

Nagle coś skapnęło mu na nos.

Spojrzał w górę. Niebo miało stalowoszary kolor.

W oddali rozległ się pomruk nadciągającej burzy. To dlatego nikogo już wokół nie było. Kiedy rozstawali się z wujkiem, nie zwrócili uwagi na zmieniającą się pogodę. Skręcił w prawo i naraz na kogoś wpadł.

– Ałć! – syknął Bartek, rozcierając czoło.

– *Sorry!* – chłopak, z którym się zderzył, uniósł dłoń w przepraszającym geście.

Niebo przecięła błyskawica, a na twarz Bartka spadły pierwsze krople deszczu. Ale on wcale tego nie poczuł. Wytrzeszczył oczy i w niemym zdumieniu patrzył na stojącego przed nim chłopaka.

– Thomas? – wyjąkał w końcu. – Co ty tu robisz?

W istocie, spotkanie to było dość nieoczekiwane.

– Przyjechałem z ojcem na wycieczkę, a co, nie wolno mi? – Thomas obrał zaczepny ton.

Bartek wzruszył ramionami.

– Wybacz, ale muszę już lecieć, ojciec na mnie czeka – Anders rzucił pośpiesznie i, nie podając nawet Bartkowi ręki na pożegnanie, pobiegł w przeciwnym kierunku.

– Dziwne – mruknął Bartek. – Ciekawe, czy Mary Jane wie o tym, że Thomas jest w Wiedniu – pomyślał i ruszył pędem przed siebie.

Do wyjścia dotarli niemal równocześnie z wujkiem, choć Bartek wyprzedził go o kilka kroków.

– Stawiasz lody! – zawołał wesoło.

– Nie ma sprawy – odparł Kasztelan. – Burza chyba przechodzi bokiem i możemy pójść do jakiejś kafejki – otoczył bratanka ramieniem. – Już myślałem, że lunie jak z cebra i zmokniemy.

Na szczęście dla nich obu, burza rzeczywiście ominęła miasto i po kilkunastu minutach spoza chmur znowu błysnęło słońce.

– Nie uwierzysz, kogo spotkałem w labiryncie – Bartek zagadnął do wujka, gdy już kupili pyszne lody.

Kasztelan uniósł brwi, czekając na ciąg dalszy.

– Pamiętasz tego chłopaka, z którym walczyłem w finałowym turnieju? Tego, który łazi ciągle za Mary Jane?

Wujek spojrzał badawczo na bratanka.

– Chyba sobie przypominam. Miał na imię Thomas?

– Właśnie. Wpadłem na niego w jednej z alejek labiryntu. Nie dość, że pojawił się w Wiedniu w tym samym czasie, co ja, to jeszcze był w tym samym miejscu!

– Rzeczywiście zadziwiające, ale to na pewno zbieg okoliczności – uspokajał wujek. – Nie sądzisz chyba, że cię śledzi? – Kasztelan spojrzał pobłażliwie na Bartka, który po tej uwadze naburmuszył się.

– Nie jestem aż takim świrem, żebym myślał, że każdy mnie śledzi – odparł z lekką irytacją. – Dziwię się tylko, że spotkałem akurat jego.

Bartek nie wspomniał wujkowi, że Mary Jane zdradziła Thomasowi sekret Wielkiego Mistrza, a on usłużnie włączył się do poszukiwań i zapewniał Mary Jane, że będzie pomagał.

Bartkowi coś się w tym wszystkim nie podobało.

„A może rzeczywiście popadam w jakąś paranoję? Są przecież wakacje i każdy ma prawo przyjechać na wycieczkę do Wiednia" – rozmyślał.

Tak czy inaczej, postanowił wieczorem skontaktować się z Anią i dowiedzieć się czegoś więcej na temat wyjazdu Thomasa z Zalesia Królewskiego. Przede wszystkim, ciekawiło go, czy Anders zamierzał tam jeszcze powrócić. Tutaj nie udało mu się tego dowiedzieć. Thomas zbyt szybko uciekł.

Rozdział XXIII

Pościg

Bartek całą noc z niecierpliwością czekał na wizytę w siedzibie zakonu. Choć hotelowe łóżko było bardzo wygodne, wciąż przewracał się z boku na bok i rozmyślał o wielu sprawach.

Już we wczesnych godzinach rannych razem z wujkiem Ryszardem zmierzali do bram rezydencji przy Singerstrasse 7. Przed wejściem usłyszeli jeszcze śpiewy porannej liturgii dobiegającej ze świątyni, w której gromadzili się bracia zakonni.

Wujek i Bartek udali się na drugie piętro, gdzie mieściły się apartamenty Jego Ekscelencji Brunona Plattera, głowy współczesnego Zakonu Krzyżackiego.

Kiedy znaleźli się w sali spotkań, przywitał ich energiczny i dystyngowany głos Jego Ekscelencji:

– *Grüss Gott!*

– *Grüss Gott!* – odpowiedział wujek Ryszard.

Bruno Platter uścisnął przybyłym dłoń. Bartek zauważył, że na palcu wielkiego mistrza lśnił pierścień z rubinem z wygrawerowanym herbem zakonu. Jego Ekscelencja miał na sobie świetnie skrojony garnitur, a na szyi koloratkę. Na jego piersi, na złotym łańcuchu wisiał krzyż – symbol Zakonu Krzyżackiego.

Bruno Platter wskazał dwa krzesła przed swoim biurkiem, poprawił okulary w złoconych oprawkach i sam również usiadł.

– Co was do mnie sprowadza? – zapytał uprzejmym tonem.
– Słyszałem, że odnalazł się u was dokument sporządzony przez wielkiego mistrza Ulricha von Jungingena. To doprawdy dla nas niezwykłe!
Bartek spojrzał na wujka.
Bruno Platter zachowywał się tak, jakby naprawdę nie miał nic wspólnego z wcześniejszymi zdarzeniami w Zalesiu Królewskim.
„Czy to możliwe, czy tylko udaje? Może to jakaś gra?" – zastanawiał się młody Ostrowski.
Tymczasem głos zabrał Kasztelan:
– Wasza Ekscelencjo, wczoraj rozmawiałem z bratem Norbertem, zapewne powtórzył Waszej Ekscelencji naszą rozmowę. Tak, znalazłem w tajnej skrytce pergamin, a właściwie list, mówiący o relikwiarzu Hermana von Salzy. Kilka dni przed tym odkryciem przybyli do mnie przedstawiciele zakonu i pytali o ten właśnie relikwiarz. Twierdzili, że przyjechali z Wiednia na polecenie Waszej Ekscelencji – powiedział z naciskiem wujek Ryszard. – Tymczasem zaledwie kilka dni temu, wykradziono ten pergamin z mojego archiwum! Jak również plany naszego zamku!
Bruno Platter poruszył się niespokojnie.
– Chyba nie sugeruje pan, że wykradziono je z mojego polecenia? – wielki mistrz wydawał się być oburzony tym podejrzeniem.
Bartek przez moment nawet obawiał się, że dostojnik ich wyrzuci.
– Ależ skąd! Niczego nie sugeruję – wujek starał się prowadzić tę rozmowę dyplomatycznie.

Bruno Platter zapatrzył się w okno. Po chwili przemówił:
– W istocie, relikwiarz von Salzy byłby dla naszego zakonu bezcennym skarbem. Gdyby się odnalazł, byłoby to wielkie wydarzenie. Ale zapewniam panów i daję swoje uroczyste słowo, że obecnie zakon nie zajmuje się sprawą relikwiarza. W przeszłości rzeczywiście byli tacy, którzy go szukali, ale w tej chwili zajmujemy się zupełni innymi sprawami. Naszą zasadą jest *helfen und heilen*, czyli pomagać i leczyć. Zakon prowadzi domy starców, szkoły, sanatoria. Sami widzicie, że mamy pełne ręce roboty.
– Kim byli zatem ludzie podszywający się pod przedstawicieli zakonu? – Bartek zapytał śmiało, zaglądając Jego Ekscelencji głęboko w oczy.

– Nie mam pojęcia – Bruno Platter rozłożył ręce. – Po tym wszystkim jednak, czego się od was dowiedziałem, nie mogę pozostać obojętny wobec relikwiarza. Dobrze by było, gdyby wrócił do zakonu. Jest ściśle związany z naszą historią, z początkami zakonu, z jego obecnością w Ziemi Świętej. Byłby dla nas bezcenną pamiątką. Ktoś najwyraźniej dowiedział się o nim i pragnie go zdobyć. I chyba wiem, dlaczego – Jego Ekscelencja zawiesił tajemniczo głos. Po chwili powstał z miejsca i rzekł: – Zapraszam was do archiwum zakonu.

Bartek omal nie spadł z krzesła. Obaj z wujkiem wiedzieli, że do archiwum zakonu mieszczącego się w tej rezydencji, na trzecim piętrze budynku, mieli wstęp jedynie naukowcy i to tylko, jeśli posiadali specjalne zezwolenie. Bruno Platter zrobił więc dla swych gości z Polski wyjątek.

We wnętrzu archiwum, na drewnianych regałach stało kilka tysięcy starych woluminów.

Wielki mistrz podszedł do katalogu, w którym mieściły się sygnatury średniowiecznych dokumentów, opatrzonych pieczęciami wielu słynnych osobistości ówczesnego świata, dostojników, monarchów i wielkich mistrzów zakonu.

– O, jest. Tak, właśnie o ten mi chodziło – mruknął Jego Ekscelencja. Powtórzył sobie półgłosem numer sygnatury i zniknął między regałami i szafkami.

Po chwili wrócił.

– Spójrzcie – z wielką starannością rozłożył przed Bartkiem i jego wujkiem dokument opatrzony czerwoną pieczęcią. – To list rycerza Gotfryda.

Bartek drgnął, znał to imię. Wielki mistrz Ulrich von Jungingen wymieniał je w swoim liście.

– Nie znamy adresata tego listu, gdyż jego imię jest zamazane, prawdopodobnie przez plamkę krwi – mówił tymczasem Jego Ekscelencja Bruno Platter. – Rycerz Gotfryd pisze:

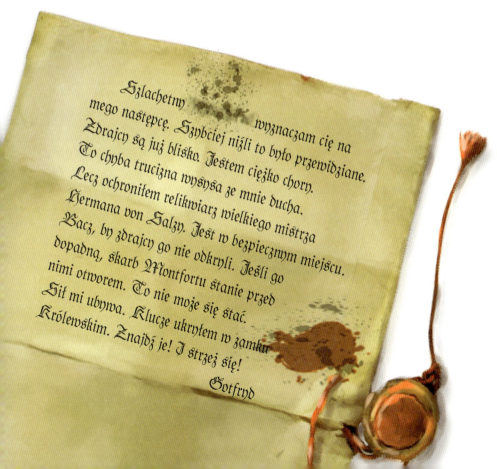

Szlachetny .... wyznaczam cię na mego następcę. Szybciej niżli to było przewidziane. Zdrajcy są już blisko. Jestem ciężko chory. To chyba trucizna wysysa ze mnie ducha. Lecz ochroniłem relikwiarz wielkiego mistrza Hermana von Salzy. Jest w bezpiecznym miejscu. Bacz, by zdrajcy go nie odkryli. Jeśli go dopadną, skarb Montfortu stanie przed nimi otworem. To nie może się stać. Sił mi ubywa. Klucze ukryłem w zamku Królewskim. Znajdź je! I strzeż się!

Gotfryd

– Bardzo dramatyczny ten list – chrząknął ze współczuciem wujek Ryszard.

– Tak – westchnął Bruno Platter. – Jest też dowodem na istnienie relikwiarza Hermana von Salzy. I mówi o tym, że w relikwiarzu znajduje się wskazówka, jak odnaleźć skarb zakonu!

Bartek już dawno się tego domyślał. Słowa rycerza Gotfryda i Jego Ekscelencji tylko potwierdziły przypuszczenia młodych Ostrowskich i Gardnerów.

– Zakon naprawdę posiadał jakiś ogromny skarbiec? – Bartek zapytał ciekawie.

– Nie wiem, jak duży był to skarb. Dawne dokumenty zaginęły, ale legenda głosi, że skarbiec wywieziony z twierdzy Montfort był znaczny. Cudem udało się go w całości uratować i wynieść podziemnym tunelem z twierdzy, nim wpadły do niego wojska sułtana Baibara. Wywieziono go do nowej stolicy zakonu.

– Do Malborka? – Bartek wszedł Jego Ekscelencji w słowo.

– Zgadłeś synu – Platter pokiwał głową. – Każdy następny wielki mistrz miał za zadanie dbać o skarbiec i pomnażać jego zasoby na chwałę zakonu.

„Mieliśmy rację!" – Bartek zacisnął kciuki. – Co stało się z tym skarbem? – zapytał głośno.

– No cóż, słuch o nim zaginął po śmierci Ulricha von Jungingena.

– Wielki mistrz zginął w bitwie pod Grunwaldem – przypomniał Bartek.

– Ukrył skarbiec na wypadek, gdyby losy wojny nie potoczyły się po jego myśli. Sekret ten powierzył jednemu z braci zakonnych, Gotfrydowi. Ale o nim również brak jakichkolwiek informacji. Człowiek ten zaginął w mrokach dziejów. Myślę, że właśnie skarbca, którego strzegł, szukają osoby, które się u pana zjawiły – Bruno Platter zwrócił się do Kasztelana.

– To rzuca nowe światło na ostatnie wydarzenia – wujek Ryszard kiwał głową w zamyśleniu. – Wasza Ekscelencja sądzi, że ten skarb jeszcze istnieje?

– To niemożliwe – uśmiechnął się dobrotliwie wielki mistrz. – Po wszystkich wojnach, które nawiedzały oba nasze kraje, wątpię, by cokolwiek przetrwało.

– Ale muszą istnieć jakieś dokumenty, które dostały się w niepowołane ręce – stwierdził Bartek.

– Tego niestety nie wiem, to jedyne, co posiadamy – wskazał list brata Gotfryda.

Po opuszczeniu rezydencji przy Singerstrasse, Bartek i Kasztelan skierowali swoje kroki w stronę hotelu. Przez całą drogę dzielili się wrażeniami ze spotkania z Jego Ekscelencją i wieścią o skarbie zakonu krzyżackiego.

– To niesamowita historia! – wykrzykiwał wujek, idąc ulicą.

– Ciii, wujku! Wszyscy na nas patrzą! – Bartek zwrócił mu uwagę.

Kasztelan rozejrzał się wokół rozgorączkowanym wzrokiem.

– A tak, racja! – zmitygował się szybko.

– Wujku, jak myślisz, czy wielki mistrz mówił nam prawdę? – Bartkiem wciąż targały wątpliwości.

– Bruno Platter jest osobą duchowną, nie może kłamać, a przynajmniej nie powinien. Jestem pewien, że mówił prawdę. W przeciwnym razie nie pokazałby nam listu Gotfryda. Dzięki temu mamy pewność, że relikwiarz Hermana von Salzy istniał naprawdę i skarbiec również!

Nagle wujek gwałtownie się zatrzymał.

– Coś się stało? – zaniepokoił się Bartek.

Kasztelan stał przed witryną sklepu jubilerskiego z wielkim szyldem Tiffany. Za szybą lśniły wytworne naszyjniki z pereł, złote i srebrne kolczyki oraz pierścionki z diamentami.

Bartek zdębiał. Wujek nigdy nie oglądał babskiej biżuterii! Co mu się stało? Czy to przez ten skarb tak zafascynował się klejnotami na wystawie?

– Wujku, co robisz? Chcesz tutaj coś kupić? – Bartek ze zgrozą zorientował się, że wujek wpatruje się w... pierścionki zaręczynowe. – Chcesz się oświadczyć pannie Ofelii?

– Ależ skąd! – obruszył się Kasztelan. – Tak tylko osobie oglądam – zaprzeczył niezdarnie. – Ofelia uwielbia film z Audrey Hepburn „Śniadanie u Tiffany'ego" – tłumaczył się. – Może go oglądać na okrągło.

– Wszyscy wiemy, że panna Ofelia jest niepoprawną romantyczką, chociaż udaje, że wcale tak nie jest – roześmiał się Bartek.

Wujek wreszcie odkleił się od wystawy i mogli ruszyć dalej.
– Na serio chciałeś kupić jej pierścionek zaręczynowy?
– Och, przestań! – wujek naindyczył się. – Ja tylko tak, no przecież ci tłumaczyłem.
– Tak, tak – Bartek cichutko chichotał.

Po wymeldowaniu się z hotelu, zapakowali walizki do samochodu i ruszyli w drogę powrotną do domu. Kasztelan nie spieszył się, przejeżdżając ulicami Wiednia. Chciał, aby Bartek mógł jak najwięcej zobaczyć. Przed gmachem Parlamentu, naprzeciw którego wznosił się wspaniały posąg bogini Ateny, zebrało się mnóstwo policji.

– Coś się stało? – Bartek zerknął przez okno samochodu na policjantów.
– Pewnie przyjechał jakiś ważny dygnitarz – stwierdził wujek i pojechał dalej.

Na sygnalizatorze zabłysło czerwone światło i Kasztelan zatrzymał się na światłach.

Wujek poprawił wsteczne lusterko i zerknął w nie z niepokojem.
– Dziwne – mruknął. – Ten samochód z tyłu jedzie za nami już od hotelu.

Bartek obejrzał się. Czarny lexus miał przyciemniane szyby, a kierowca ukrył twarz za ciemnymi okularami.
– Po co miałby za nami jechać? – starał się uspokoić wujka.
Zapaliło się zielone światło i Kasztelan ruszył.
– Wujku, skręć w prawo – Bartek wskazał najbliższe skrzyżowanie.
Kasztelan skręcił i spojrzał w lusterko.
Czarny lexus zrobił to samo.
Ryszard Ostrowski nacisnął pedał gazu. Bartek obejrzał się.
– On też przyśpieszył! Jest tuż za nami! Śledzi nas! – wykrzyknął Bartek.
Kasztelan jeszcze kilka razy skręcał w prawo i w lewo, żeby zgubić ogon, lecz czarny lexus wciąż siedział mu niemal na zderzaku.
– Kto to u licha jest? Jakiś szajbus? – denerwował się wujek.
– Zwykły szajbus nie miałby takiej bryki! – zauważył Bartek.
Wujek trafił w jakąś boczną, wąską uliczkę. Nie miał pojęcia, gdzie się znajduje, bo nawigacja GPS już dawno oszalała i nie nadążała z wytyczaniem trasy. Kobiecy głos trzeszczał tylko irytująco: „Jesteś poza trasą. Wyznaczam nową…" i tak w kółko.
Bartek wyciągnął tradycyjną mapę ze schowka. Próbował zorientować się, w jakiej części Wiednia znajdują się teraz. Chciał poprowadzić wujka do wyjazdu z miasta. Nie zdążył jeszcze dobrze rozłożyć mapy, gdy lexus niespodzianie przyspieszył i uderzył w ich tylny zderzak. Pod wpływem uderzenia Bartek pochylił się do przodu, ale na szczęście pasy mocno go przytrzymały.

– Czy on zwariował? – wujek Ryszard przeraził się nie na żarty. – Nic ci nie jest? – obrzucił szybkim spojrzeniem bratanka.

Bartek zapewnił, że wszystko jest w porządku, więc Kasztelan wcisnął gaz do dechy. Kluczył wąskimi uliczkami, szukając ratunku przed szaleńcem usiłującym ich staranować.

Czarne auto znowu niebezpiecznie się zbliżyło.

– Tylko nie to! – jęknął wujek i skręcił gwałtownie w lewo.

– O kurczaki! – wykrzyknął Bartek, gdy zorientował się, że uliczka była za wąska. Rozległ się przykry odgłos ścieranego lakieru, odpadło boczne lusterko i wydawało się, że ich dziesięcioletni opel zaraz się rozpadnie.

– Aaaa! – krzyknął Bartek.

Uliczka nagle się skończyła.

Samochód siłą rozpędu wystrzelił jak z procy i opadł poziom niżej. Potoczył się jeszcze po kilkunastu schodach i zatrzymał się na kawiarnianym stoliku. Na szczęście nikt przy nim nie siedział.

– Jesteś cały? Nic ci nie jest? – Kasztelan z troską przypadł do Bartka.

O dziwo, bratanek nie miał nawet siniaka.

– Zgubiliśmy go – chłopiec powiedział z ulgą.

– Jeszcze NIE! – głos wujka zabrzmiał nerwowo. Nie bacząc na pokrzykiwania kelnera, który ubolewał nad zniszczonym stolikiem, Kasztelan znowu uruchomił silnik, wrzucił wsteczny, lekko wycofał i mocno obrócił kierownicę w lewo.

Z prawej strony nadjeżdżał czarny lexus.

– Co to za diabeł? – wściekał się wujek.

– A może jednak wielki mistrz nie powiedział nam prawdy? A jeśli to samochód zakonu? – wykrzykiwał Bartek.

– Nie wiem, ale ten facet mnie wkurza! – odkrzyknął wujek, pędząc autem drogą wzdłuż Dunaju. Starał się nikogo nie przejechać w trakcie tej szaleńczej ucieczki. – Musimy znaleźć most, inaczej nigdy nie wydostaniemy się z miasta i nie uciekniemy temu szaleńcowi.

– Tam widzę, niedaleko – Bartek wskazał ręką. – Będziesz musiał skręcić w prawo.

– Co z naszym ogonem? – spytał wujek.

– Ciągle go mamy! Ale zwiększyłeś dystans. Chyba mu uciekniemy! – ucieszył się Bartek, widząc jak czarny lexus zostaje w tyle. W chwili, gdy Bartek poczuł przypływ radości, na drogę przed nimi wyjechała śmieciarka.

Wujek nacisnął na hamulec.

Rozległ się pisk opon.

– Cholercia! – Kasztelan zaklął, próbując wyminąć śmieciarkę. Oba sąsiednie pasy były zajęte przez inne samochody.

Na szczęście czarny lexus też miał kłopoty. Utknął wśród samochodów stojących na światłach.

W międzyczasie Ryszardowi Ostrowskiemu udało się wyminąć śmieciarkę. Skręcił na most i przejechał przez Dunaj. Po kilku minutach byli już na drodze wyjazdowej z Wiednia i zbliżali się do autostrady. Czarny lexus zniknął. Przez jakiś czas wujek jeszcze nerwowo zerkał we wsteczne lusterko, a Bartek oglądał się za siebie. Ale prześladowca zniknął na dobre.

Kasztelan otarł pot z czoła.

– Co to był za czubek? Mógł nas zabić! – Bartek wciąż nie mógł ochłonąć. – Chciał nas nastraszyć?

– No to mu się udało. Byłem przerażony jak diabli! – przyznał wujek Ryszard.

– Chyba wdepnęliśmy z tym skarbem w niezłe bagno! – Bartek westchnął.

– Zabraniam wam zajmować się tą sprawą! – wujek przerwał chłopcu. – To zbyt niebezpieczne! Widzisz, jak wygląda nasz samochód? A to było tylko ostrzeżenie! Nie będą się patyczkować z dziećmi! To jakaś grupa przestępcza. Macie się trzymać od tej sprawy z daleka! – Kasztelan przykazał surowo.

– Ale wujku! – oponował Bartek.

– Nie ma żadnego „ale"! Kategorycznie zabraniam wam poszukiwań. Wasi rodzice zrobią to samo – Kasztelan był nieugięty. – To sprawa dla policji.

Bartek rozumiał wujka, ale jak wytłumaczy przyjaciołom, że nie będzie im wolno prowadzić poszukiwań skarbu? Właśnie teraz, gdy zdobył tyle ważnych informacji? Niezwłocznie będzie musiał omówić to ze swoimi „wspólnikami".

Rozdział XXIV

Magiczne miejsce

– Dlaczego Thomas nie powiedział mi, że wyjeżdża do Wiednia? – Mary Jane czuła się trochę rozżalona.
– Najwidoczniej nie mówi ci wszystkiego – skwitował Bartek.
Przyjaciele stali pod murami dawnej stolicy Zakonu Krzyżackiego. Malbork przywitał ich pięknym słońcem i bezchmurnym niebem. Pani Beata Ostrowska i panna Ofelia stały w kolejce do kasy biletowej. Młodzi poszukiwacze zaginionego relikwiarza mieli parę minut na dopracowanie planu, który zamierzali wykonać.

Zamek w Malborku:
największy na świecie zamek gotycki. Jego budowę rozpoczęto około 1274 roku z inicjatywy komtura Hermanna Schoenberga i mistrza krajowego Teodoryka Gatirslebe. Warownia otrzymała nazwę Marienburg (gród Marii). Twierdza usytuowana była na prawym brzegu Nogatu. Cały kompleks, w skład którego wchodził Zamek Wysoki, Zamek Średni oraz Przedzamcze (nazywane też Zamkiem Niskim), zajmował obszar około 21 hektarów, czyli tyle, ile wówczas zajmowały miasta europejskie. Zamek bardzo ucierpiał w czasie II wojny światowej. Po odbudowie, w 1961 roku, otwarto w nim muzeum. W 1997 roku wpisano zamek na Listę Światowego Dziedzictwa UNESCO.

– Opowiedz jeszcze raz o tym pościgu! – przerwał Jim, któremu ciągle było mało tej historii.

Bartek westchnął. Nie miał zamiaru kolejny raz relacjonować tamtych wydarzeń.

– Słuchajcie, to jakaś gruba sprawa – pokręcił głową. – Bruno Platter pokazał nam list Gotfryda. Jednocześnie zapewnił, że zakon nie ma nic wspólnego z poszukiwaniem relikwiarza. A potem ktoś nas ściga i taranuje nasz samochód!

– Nieprawdopodobne! – Mary Jane wciąż nie mogła wyjść ze zdumienia, po tych wszystkich rewelacjach. – Jeśli nie zakon, to kto za tym stoi?

– A jeśli to zakon, tylko kłamią i nie przyznają się? – Martin postawił kolejną tezę.

– Ktoś chce nas powstrzymać przed szukaniem relikwiarza! – powiedział Jim.

– Dlatego powinniśmy go jak najszybciej odnaleźć! – zdecydowała Ania. – Sprawa relikwiarza łączy się z naszym zamkiem, nie możemy pozwolić na to, żeby teraz ktoś inny go odkrył. To w Zalesiu wszystko się zaczęło – mówiła odważnie. – Pelikan z kostki prowadzi do Malborka, jesteśmy na miejscu, więc szukajmy!

– Od czego zaczniemy? – Jim był nieco zdezorientowany. – Ten zamek jest ogromny!

– Ja też nie sądziłam, że jest tak duży. Pewnie są w nim dziesiątki pomieszczeń! Jak znajdziemy właściwą wskazówkę? I tylu tutaj turystów! – jęknęła Mary Jane.

– Jakoś sobie poradzimy – Ania była dobrej myśli. – Mamy klucz i kostkę.

Bartek odruchowo pomacał torbę, żeby sprawdzić, czy oba przedmioty są na swoim miejscu. Na ławce, na której siedzieli, rozłożył plan zamku.

– Zacznijmy poszukiwania od Zamku Wysokiego, tam jest studnia z pelikanem, musimy dobrze się jej przyjrzeć.

– Robi się! – zakrzyknęli ochoczo Jim i Martin.

– Trzeba się sprężyć, będziemy mieli mało czasu! – uprzedził Bartek. – Poza tym – zniżył głos – ktoś może nas śledzić!

Przyjaciele powiedli dokoła uważnym wzrokiem. Trudno będzie zrobić cokolwiek niepostrzeżenie. Nawet wyrwać się spod kurateli pani Beaty i panny Ofelii, które przywiozły tu dzieci, będzie niezmiernie trudno.

– No, możemy już zwiedzać – powiedziała wesoło mama Ani, gdy wraz z panną Ofelią stanęły przy ławce.

– Na zamek wejdziemy z przewodnikiem, dołączymy do jakiejś grupy, chodźcie – panna Ofelia zauważyła grupkę osób czekających przed bramą na wejście. Właśnie podeszła do nich przewodniczka.

– Pośpieszny się, bo będziemy musieli czekać następne pół godziny!

Dzieciaki ruszyły biegiem i już po chwili przekroczyły mury malborskiego zamku. Ania już nie jeden raz zwiedzała twierdzę, ale Mary Jane była wprost oczarowana. Nie spodziewała się, że budowla będzie tak ogromna.

– Jak tutaj znaleźć wskazówkę dotyczącą relikwiarza? W czym może pomóc fragment mozaiki i klucz? – Im dłużej się nad tym głowiła, tym bardziej zaczynała wątpić w powodzenie poszukiwań.

Ostrowscy dołączyli do wycieczki anglojęzycznej, żeby Mary Jane, Jim i Martin mogli zrozumieć, o czym opowiada przewodniczka. Kobieta mówiła dużo i szybko. Mary Jane jednym uchem starała się za nią nadążać, ale rozbieganym wzrokiem szukała jakichkolwiek wskazówek. Nigdzie nie można było zatrzymać się na dłużej. Mary Jane miała po parę sekund na wykonanie zdjęć.

Wreszcie znaleźli się na Zamku Wysokim. Na jego dziedzińcu rzeczywiście znajdowała się studnia pokryta daszkiem. Na jego szczycie siedział w gnieździe pelikan z rozpostartymi skrzydłami. Bartek z Anią mieli rację. Pelikan naprawdę tu był.

Przewodniczka opowiadała coś właśnie o dziejach zamku i krużgankach zdobiących dziedziniec Zamku Wysokiego, gdy

Bartek, a za nim reszta cichych wspólników, odłączyli się nieco od wycieczki i podeszli do studni.

– Chyba nie sądzisz, że relikwiarz znajduje się gdzieś tam, na dnie? – Mary Jane szepnęła z lękiem.

– Chyba nie. Za czasów wielkiego mistrza ta studnia była czynna. Na pewno nie wrzuciłby tam relikwiarza, bo i po co? – Bartek pokręcił głową.

– Sprawdzę, czy nie brakuje tu jakiejś kostki, takiej jak nasza – Jim wpadł na ten pomysł i od razu zaczął obiegać studnię dookoła. Choć Martin również wytężał wzrok, nie zauważył, aby kostka mozaiki miała coś wspólnego ze studnią.

– Ten pelikan ma nam powiedzieć, że jesteśmy we właściwym miejscu – stwierdziła Ania. – Że relikwiarz znajduje się na Zamku Wysokim i właśnie tutaj powinniśmy go szukać.

– Siostrzyczko, obyś miała rację! – Bartek westchnął.

– Jeśli to założenie jest słuszne, a wydaje mi się, że jest, to musi być gdzieś tutaj jakieś szczególne miejsce, godne ukrycia relikwiarza – dedukowała Mary Jane.

– Zapytajmy! – Bartek puścił do przyjaciół oko. Zanim zorientowali się, co planuje, już stał przy przewodniczce i zadawał jej pytanie: – Czy jest może na zamku jakieś magiczne miejsce? Wie pani, takie wyjątkowo tajemnicze, owiane legendami?

Przewodniczka wyrwana z rytmu swojej opowieści zamrugała najpierw szybko powiekami. Ale ponieważ reszta wycieczki również zaciekawiła się tym pytaniem, odpowiedziała:

– Na zamku jest wiele tajemniczych miejsc i zakamarków, z którymi wiąże się wiele legend, często nieprawdziwych, jak choćby ta, że w celi Witolda był przetrzymywany książę litewski. Nigdy go w niej nie było, ale legenda pozostała. Niektórzy wierzą, że jest na zamku miejsce emanujące niezwykłą energią i uważają, że znajduje się w nim czakram Ziemi, tak samo jak na Wawelu.

– Gdzie jest to miejsce? – dopytywał się Bartek.

– Podobno jest to kaplica św. Anny. Znajdują się tam krypty wielkich mistrzów. Od roku 1341 pod posadzką kaplicy chowano szczątki najwyższych dostojników Zakonu. Jako pierwszy spoczął tam wielki mistrz Dietrich von Altenburg. Pochowano tam jedenastu wielkich mistrzów. Do dziś zachowały się oryginalne, kamienne pyty nagrobne Dietricha von Altenburga, Heinricha Dusemera i Heinricha von Plauena – mówiła przewodniczka. – Skoro już mówimy o kaplicy grobowej, to chodźmy ją obejrzeć – skinęła ręką i wycieczka ochoczo podążyła za nią.

– Myślę, że to tam! – Bartek gorączkowym szeptem zwrócił się do przyjaciół. – To na pewno tam jest relikwiarz, stąd te opowieści o niezwykłości tego miejsca! – Bartek czuł, że są na właściwym tropie.

Panna Ofelia zmarszczyła brwi. Beata Ostrowska była dumna, że dzieci zadają przewodniczce pytania i interesują się historią zamku, ale panna Łyczko zwietrzyła nadciągające kłopoty. Nikt nie wiedział jeszcze o mapie, którą przywiozła przez przypadek z Brazylii, ani o człowieku, który podszywał się pod brazylijskiego urzędnika. Panna Ofelia czuła jednak, że tamten człowiek miał coś wspólnego z włamaniem do archiwum Ryszarda i wykradzeniem planu zaleskiego zamku. Pewnie uwierzył w bajeczkę Ofelii i ukradł mapę, ale nie tę, co trzeba. Gdy tylko panna Łyczko zobaczyła tamtego dnia zdemolowane archiwum, od razu przypomniała sobie owego urzędnika. To ona pośrednio przyczyniła się do tego włamania. Na początku w żaden sposób nie mogła powiązać ze sobą różnych faktów. Ale gdy Kasztelan wrócił z Wiednia i opowiedział o rozmowie z Bruno Platterem oraz o liście rycerza Gotfryda, nabrała pewności, że chodzi o skarb i że ona całkiem przypadkowo została w to wszystko zamieszana. Nie ulegało wątpliwości, że dzieci również wpadły na jakiś trop. Ofelia postanowiła mieć je na oku.

Kiedy wycieczka stanęła przed kaplicą św. Anny, Mary Jane od razu poczuła, że to miejsce tchnęło tajemnicą! Wejście było ozdobione pięknym portalem. Kiedy przekraczało się próg kaplicy, miało się wrażenie, jakby cofało się w czasie. Wewnątrz panował półmrok. Przez wysokie ostrołuczne okno wpadał snop słonecznego światła i wskazywał jedną z trzech płyt nagrobnych. Przynajmniej tak mogło się wydawać. W bocznej ścianie znajdowały się przepiękne witraże, które potęgowały wrażenie tajemniczości i niezwykłości tego miejsca.

Przewodniczka powiedziała kilka słów o samej kaplicy, a potem grupa wyszła.

– Musimy tutaj wrócić! – zarządził Bartek.

Zwiedzili resztę zamku, a gdy przewodniczka skończyła swoją pracę, turyści rozpierzchli się po sklepach z pamiątkami i bursztynem. Mama z panną Ofelią również poszły wybrać sobie jakieś bursztynowe ozdoby. W tym czasie Bartek, Ania i Gardnerowie mieli odrobinę czasu wolnego dla siebie. Natychmiast pognali do kaplicy św. Anny.

Tym razem nie było w niej zwiedzających. Panowała absolutna cisza.

Przyjaciele szukali jakiejkolwiek wskazówki.

– Relikwiarz na pewno jest w podziemiach – szepnęła Mary Jane. Atmosfera kaplicy sprawiała, że odruchowo ściszała głos.

– Ale jak tam wejdziemy? – Jim spojrzał na Bartka, w nadziei, że on wie, w jaki sposób dostać się do krypt.

Ania podeszła bliżej płyty nagrobnej, na którą padał snop światła. Ukucnęła i przyjrzała się posadzce. Wydawało się jej, że tuż poniżej płyty brakowało kawałka podłogowej terakoty.

– Bartek, podaj naszą kostkę! – poprosiła.

Wszyscy z ciekawością ukucnęli obok Ani. W miejscu, w którym w podłodze brakowało niewielkiego fragmentu mozaiki, odciśnięty był maleńki pelikan!

– To wskazówka! – wykrzyknął podekscytowany Jim.

Ania przyłożyła kostkę, pasowała idealnie.

Nagle, rozległ się dziwny odgłos w podziemiach kaplicy.

– Co się dzieje?

– To pod nami?

– Uważajcie!

Przerażone okrzyki dzieci wypełniły kaplicę św. Anny.

Przyjaciele odruchowo cofnęli się pod ścianę i ze zdumieniem zmieszanym ze strachem, wpatrywali się w jeden punkt…

Bo oto, nagle, spiralna mozaika na posadzce zaczęła się rozsuwać, a poszczególne kafle tasowały się jak talia kart, tak długo, aż otworzyło się okrągłe wejście.

– O rany! – Jim i Martin jęknęli z podziwem dla średniowiecznego mechanizmu.

– W mordkę jeża! – Bartek również zrobił wielkie oczy. Gdyby sam tego nie zobaczył, nigdy by nie uwierzył w to, co się przed chwilą stało.

Jim zajrzał wewnątrz powstałego wejścia.

Spiralne schodki prowadziły w głąb krypt.

– Wchodzimy? – Bartek powiódł po wszystkich roziskrzonym wzrokiem.

– Jeszcze się pytasz? – bliźniacy jak zwykle byli pierwsi i po wyciągnięciu z plecaków latarek, ostrożnie zaczęli schodzić w dół.

Poszukiwacze nie mieli wiele czasu, w każdej chwili ktoś mógł nadejść. A pani Beata z panną Ofelią nie będą przecież wiecznie wybierały biżuterii z bursztynu.

Rozdział XXV
Nieznana krypta

Krypta, w której się znaleźli, wyglądała jakby od wieków nikt do niej nie zaglądał. Było w niej zimno i ponuro.

– Zdaje się, że otworzyliśmy jakieś tajne pomieszczenie, to nie są krypty z trumnami wielkich mistrzów – zauważył Bartek.

– Jesteśmy chyba jeszcze niżej, pod nimi – stwierdziła Mary Jane.

– Czyli że nikt przed nami jeszcze tutaj nie był? – zdziwił się Jim.

– Wygląda na to, że nie – odparł Bartek, rozgarniając wielką pajęczynę zwisającą w przejściu.

– W takim razie relikwiarz na pewno gdzieś tu jest! – Martin był podekscytowany.

Wąski korytarz przeszedł nagle w dość obszerną salę. Pośrodku niej stała wysmukła kolumna podtrzymująca piękne krzyżowo-żebrowe sklepienie pokryte wspaniałymi malowidłami z motywami roślinnymi.

– Niesamowite! – wyszeptała Ania, oświetlając je latarką.

– Idealnie się zachowały, kolory są nadal żywe, jakby dopiero co je namalowano! – Mary Jane podzielała podziw Ani.

– Spójrzcie, na ścianach są nawet witraże! – Bartek zauważył zdumiony.

– Przecież tutaj nie ma okien! To po co witraże? – Martin, tak jak i pozostali, był równie zdziwiony.

– Hej, patrzcie, tu stoją świeczniki, zapalmy je, to będzie jaśniej – zawołał Jim. Bartek podszedł do nich i zapalił knot grubych świec oblepionych zastygłymi strużkami wosku. Na szczęście zabrał ze sobą zapałki. Z wolna, w chybotliwym blasku płomieni, zaczęło wyłaniać się więcej szczegółów tajemniczej komnaty, a witraże na ścianach rozbłysły, jakby wpadło przez nie światło słońca.

– Oooo! – Ania wydała okrzyk zachwytu.

– Słuchajcie, czy to nie… – Mary Jane nie mogła wykrztusić. – Czy to nie relikwiarz jest na tych witrażach?

Wszyscy przyjrzeli się im uważnie.

– Tak, to relikwiarz Hermana von Salzy! – wykrzyknął Bartek. – Dokładnie ten, którego szukamy! Jesteśmy we właściwym miejscu!

Wszyscy natychmiast rozbiegli się po krypcie, aby szukać dalszych wskazówek.

– Gdzie on może być?! – niecierpliwił się Jim.

Komnata była bowiem zupełnie pusta. Nie było w niej żadnych skrzyń ani innych przedmiotów, w których mógł kryć się relikwiarz. Jedynym wyposażeniem podziemnej sali były świeczniki. Bartek obejrzał je dokładnie, ale nie odkrył w nich niczego nadzwyczajnego. Nie było też ukrytych drzwi ani innych wnęk. Mary Jane, Ania i Martin sprawdzili dokładnie ściany.

Bartek, tknięty jakimś przeczuciem, jeszcze raz podszedł do trzech świeczników. Spróbował przesunąć jeden z nich. Był dość ciężki, ale zdołał go postawić w innymi miejscu. To samo uczynił z drugim.

– Co robisz? – zapytała zaintrygowana Ania.

– Mały eksperyment – mruknął brat, pochłonięty swoimi czynnościami.

Kiedy przyszła kolej na przesunięcie trzeciego świecznika, okazało się to niemożliwe. W żaden sposób nie zdołał go ruszyć.

– Przyrósł czy co? – Bartek stęknął z wysiłku.

Przyjaciele wymienili ze sobą pełne napięcia spojrzenia.

– Chyba wiem, co trzeba zrobić! – Mary Jane podeszła do świecznika. Ostrożnie złapała za jego ramiona i uważając, żeby nie sparzyć się płomieniem świec, spróbowała je przekręcić. Rozległ się przenikliwy zgrzyt, ale, zgodnie z przewidywaniem dziewczynki, ramię świecznika odwróciło się o kilka stopni.

Mechanizm chodził bardzo ciężko, jakby był zardzewiały. – Bartek, pomóż mi! – poprosiła Mary Jane.

We dwójkę odwrócili ramię świecznika o 180 stopni. I wtedy stała się rzecz zupełnie zaskakująca. Wierzchnia część kolumny podtrzymującej sklepienie odskoczyła z głuchym kliknięciem, jak drzwiczki tajnego sejfu.

– Relikwiarz! – wykrzyknęli z radością Jim i Martin i podskoczyli do otwartej kolumny.

– Stójcie! – zawołała za nimi Mary Jane. Bała się, że mechanizm mógł uruchomić jednocześnie jakąś pułapkę.

Bartkowi drżały ręce, gdy otwierał szerzej wypukłe drzwiczki. Wszyscy stłoczyli się wokół niego. Emocje sięgnęły niemal zenitu, gdy wewnątrz kolumny ukazała się niewielka skrzyneczka.

– To jest ten relikwiarz? – pytał Jim. Wyobrażał go sobie trochę inaczej.

– Potrzebny jest klucz – powiedział Bartek.

Skrzyneczka była zamknięta.

– Sprawdź, czy ten pasuje – Ania podała bratu klucz znaleziony na zamku w Zalesiu.

Pasował idealnie.

Po chwili Bartek uniósł wieczko skrzyneczki.

– Co to? O co chodzi? – rozległy się zawiedzione głosy przyjaciół, gdy okazało się, że wewnątrz nie było relikwiarza.

Znajdował się tam za to kawałek pergaminu.

Bartek wziął go w dłonie.

Był na nim dziwny rysunek, a pod nim dwie linijki tekstu napisanego po niemiecku trudnym do odczytania krojem pisma. Młody Ostrowski wyciągnął z torby słowniczek polsko-niemiecki i próbował odcyfrować tekst.

– Daj spokój, do jutra tego nie zrobisz! – machnął ręką Jim. – Udoskonaliłem mój program do tłumaczenia. Wystarczyło kilka sztuczek i translator przetłumaczy nawet ten stary tekst – Jim z chełpliwą miną wyciągnął swój najnowszy smartfon. Wreszcie i on mógł się wykazać. Nie na darmo ślęczał nad udoskonaleniem urządzenia. Chwilę to trwało, ale wreszcie udało mu się rozszyfrować stary tekst:

– *Jeśliś zdrajcą, nie znajdziesz skarbu, a gniew Wielkiego Mistrza cię dosięgnie. Lecz jeśliś z dobrym zamiarem tu przyszedł i sekret poznałeś, gniew mistrza na złoto przekujesz* – przeczytał głośno.

– O nie, znowu jakaś zagadka! – jęknął Martin.

– Czy my jesteśmy zdrajcami, czy nie? – zapytał z obawą Jim. – Za kogo nas Wielki Mistrz uzna?

– Wielki Mistrz już nie żyje! Kogo obchodzi, za kogo nas uzna! – skwitował beztrosko Martin.

– Myślę, że to jest jakaś wskazówka – powiedział Bartek.
– A co, jeśli Wielki Mistrz wciąga nas w pułapkę? – pytanie Mary Jane zawibrowało niepokojem. – Może tego relikwiarza wcale nie ma?
– Jest wyraźnie napisane, że można gniew Mistrza na złoto przekuć – zwróciła uwagę Ania.
– I tu chyba znowu pojawia się wątek kamienia filozoficznego! – wtrącił Martin. – To dowód na to, że Krzyżacy potrafili wytwarzać złoto! – oczy chłopca mieniły się w blasku świec i witraży.
– Ale gdzie jest sam relikwiarz? – zapytała Mary Jane.
– W tych zdaniach na pewno kryje się podpowiedź – tajemniczy tekst całkiem pochłonął Bartka.
– Pst! – Ania położyła palec na ustach. Zdawało się jej, że usłyszała czyjeś kroki. – Ktoś tu idzie!
Wszyscy umilkli.
Bartek schował pergamin do torby i wyciągnął klucz z zamka szkatułki. Miał przeczucie, że jeszcze mu się przyda.
– Zmywajmy się stąd! – zarządził.
– Minęła już niemal godzina, odkąd nas nie ma. Mama i panna Ofelia pewnie nas szukają – dodała Ania.
Jim i Martin pozdmuchiwali świece, witraże pogasły i w podziemnej sali znowu zrobiło się ciemno. Ponownie włączyli latarki i opuścili krypty.
Byli tak zaaferowani odkryciem, że nie zauważyli, że ktoś jeszcze zrobił to przed nimi…

Z Kronik Archeo

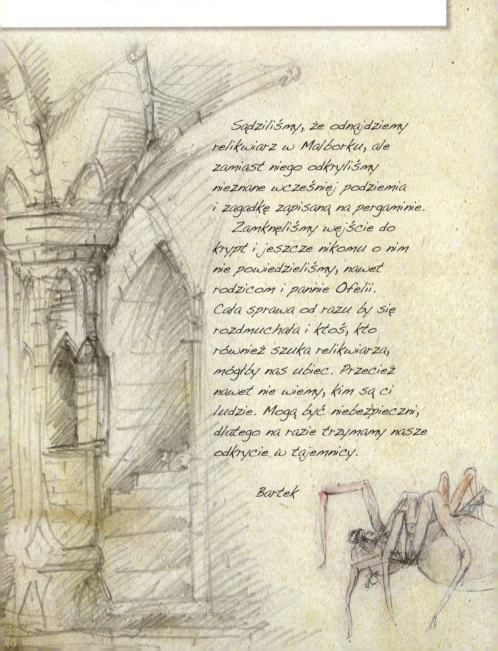

Sądziliśmy, że odnajdziemy relikwiarz w Malborku, ale zamiast niego odkryliśmy nieznane wcześniej podziemia i zagadkę zapisaną na pergaminie.
Zamknęliśmy wejście do krypt i jeszcze nikomu o nim nie powiedzieliśmy, nawet rodzicom i pannie Ofelii. Cała sprawa od razu by się rozdmuchała i ktoś, kto również szuka relikwiarza, mógłby nas ubiec. Przecież nawet nie wiemy, kim są ci ludzie. Mogą być niebezpieczni, dlatego na razie trzymamy nasze odkrycie w tajemnicy.

Bartek

Rozdział XXVI

Czyżby El Dorado?

Po wycieczce do Malborka panna Ofelia była nieco zmęczona i wcześniej niż zwykle położyła się do łóżka.

W nocy zbudził ją dziwny szelest. Otworzyła jedno oko i nasłuchiwała, czy się powtórzy. Gdy uznała, że był to tylko sen, usłyszała wyraźne kroki...

– Włamywacz! – szepnęła przerażona i poczuła jak włosy jeżą się jej na głowie. Wyskoczyła z łóżka, starając się nie robić hałasu. „Co robić? Co robić?" – pytała się w myślach. „Zadzwonić na policję?" – zastanawiała się gorączkowo. – „Zanim oni przyjadą, mogę już nie żyć!" – złapała się za serce.

Tymczasem ktoś myszkował w pokoju gościnnym.

Nie wiedziała, ilu jest napastników i czy są uzbrojeni. Czego szukali? Czy to był zwykły napad rabunkowy?

Nagle Ofelię olśniło. Włamanie ma pewnie jakiś związek z niezwykłą menażką i średniowieczną mapą w środku. I tym niby urzędnikiem, który już raz ją odwiedził. I ten ktoś ma czelność nachodzić Ofelię w jej własnym domu, nocą i być może zagrażać jej życiu? O nie, na to nie mogła pozwolić! Nie wolno zadzierać z Ofelią Łyczko, spokojną bibliotekarką!

Na wszelki wypadek zadzwoniła na policję, szeptem zawiadomiła o włamaniu i poprosiła o ratunek. A potem na paluszkach, tak by podłoga przypadkiem nie zaskrzypiała, podeszła

do sporej, wnękowej szafy. Niemal bezgłośnie odsunęła jedno skrzydło jej drzwi. Zamiast półek ukazał się pancerny, podłużny sejf. Ofelia za pomocą pokrętła ustawiła odpowiednią kombinację cyfr. Otworzyła sejf i sprawdziła, czy na półeczce znajduje się menażka. Wsunęła ją jeszcze głębiej, a z drugiej półeczki zdjęła niewielkie pudełko z nabojami. Potem chwyciła sztucer, który należał jeszcze do jej ojca. Nigdy go nie użyła, zresztą, nie chodziła na polowania, lecz teraz nie miała wyboru. Załadowała sztucer.

Była zdeterminowana bronić się do ostatniej kropli krwi! Kto wie, co za bandziory były tam, na dole?!

Potargana, w długiej nocnej koszuli, ze sztucerem przy twarzy, sunęła niczym zjawa przez pokój skąpany w srebrnej poświacie księżyca.

Bezszelestnie otworzyła drzwi.

Nadal nie widziała rabusiów, choć na dole mignęło światło latarki.

Panna Ofelia zaczęła ostrożnie schodzić po schodach. Były obite miękką wykładziną i doskonale tłumiły jej kroki.

Antonio Silva przetrząsał właśnie pokój gościnny. Miał nadzieję, że ta głupia paniusia się nie zbudzi, ale jeśli nie znajdzie tutaj tego, czego szukał, będzie zmuszony wejść na górę. A wtedy wypadki mogą różnie się potoczyć...

Uśmiechnął się zimno i cynicznie.

Rankiem Silva był umówiony z Walterem Schneiderem, nie mógł dłużej czekać, musiał mieć menażkę dziadka, teraz, zaraz i to z całą jej zawartością! Kolejny raz ci z zakonu nie wybaczą mu wpadki. Dobitnie dali mu to do zrozumienia, gdy okazało się, że plan zamku, który wykradł jego człowiek, nie był tym właściwym. Ta sprytna paniusia go oszukała! Był przekonany, że miała mapę cały czas u siebie! „Ale nie ze mną takie numery!" – odgrażał się w myślach. „Ta lalunia zapamięta mnie na całe życie!" – uśmiechnął się mściwie.

– Gdzie ona u licha posiała tę menażkę? – syknął do swego kompana, który z równą gorliwością przetrząsał rzeczy osobiste właścicielki domu. – Trzeba wejść na górę! – zdecydował Antonio.

Ścisnął mocniej łom, którym otworzył drzwi domu panny Ofelii i ruszył w kierunku schodów prowadzących na piętro. Jego kompan, Pedro, jak cień podążył za nim.

Nagle wyłoniła się przed nimi biała postać.

– Duch! – wrzasnął Pedro Motta, który był bardzo przesądny.

Panna Ofelia włączyła światło.

Złodzieje w pierwszym momencie zmrużyli oczy, a Ofelia w jednej chwili zdołała rozeznać się w sytuacji. O razu rozpoznała podejrzanego urzędnika.

– Ręce do góry, bo będę strzelać! – krzyknęła groźnie po angielsku, mierząc ze sztucera. – Kim jesteście? Jakąś międzynarodową szajką złodziei?

– Nie jesteśmy złodziejami! – oburzył się Antonio.

– A kim, siostrami miłosierdzia? – zakpiła panna Ofelia. – Wdarliście się do mojego domu! I pewnie chcieliście mnie zakatrupić! – krzyknęła zdenerwowana.

– Wcale nie mieliśmy takiego zamiaru, jest pani taka piękna! – Antonio uśmiechnął się przymilnie. – Chciałem tylko odebrać, to co do mnie należy.

– To jakieś kpiny! – prychnęła Ofelia, nie opuszczając sztucera. – Nie mam nic pańskiego.

– Ależ ma pani! – upierał się Antonio Silva.

– Nie mam! – kategorycznie zaprzeczała Ofelia.

Nagle tknęło ją jakieś przeczucie, a myśli pobiegły zupełnie innym torem niż dotychczas.

Dlaczego ten człowiek przyjechał tu aż z Brazylii po tę dziwną mapę? Dlaczego tak mu na niej zależało?

I co tak naprawdę na niej zaznaczono? A może ktoś dowiedział się, że Ofelia wędruje śladem ojca oraz pułkownika Fawcetta, może temu facetowi chodzi o...

– Szukasz El Dorado? – zapytała bez owijania w bawełnę.

– El Dorado? – Antonio wytrzeszczył oczy. Jeśli to miała być jakaś aluzja, to jej nie zrozumiał.

– Jesteś poszukiwaczem złotego miasta? – Ofelia powtórzyła pytanie.

– Chodzi ci o moje kopalnie złota? – Teraz Antonio zdziwił się, skąd ta kobieta o nich wie.

– Masz kopalnie złota? – tym razem panna Łyczko nie zrozumiała zupełnie, co to ma do rzeczy. Całe zajście zaczynało przypominać komedię pomyłek.

– Mam dwie, bo trzecia przepadła – przyznał się Silva. – Ale lepiej, żebyś nikomu o nich nie wspominała, bo, że tak powiem, są nie całkiem legalne. Jeśli dochowasz tajemnicy, to podaruję ci kilka szczerozłotych grudek – zaoferował.

– Jeśli masz kopalnie złota, to po co włamujesz się do mojego domu?! To się kupy nie trzyma! Takie bajeczki możesz opowiadać swojemu kolesiowi! Zaraz będzie tu policja, im możesz podać wersję o kopalni, na pewno ci uwierzą – zaśmiała się panna Ofelia.

– Kiedy to prawda! – Antonio zarzekł się stanowczo. – Przyjechałem tylko po mapę, którą ukradłaś mi w dżungli! Należała do mojego dziadka!

– Ja ukradłam?! – panna Łyczko czuła się urażona, ilekroć ten człowiek oskarżał ją o kradzież. – Dostałam tę mapę od wodza, w dowód wdzięczności za dobry uczynek! – przypomniała z dumą.

– Ta mapa należała do mnie, a nie do wodza! – zaperzył się Antonio. – Powierzyłem mu ją tylko na przechowanie. Skąd mogłem wiedzieć, że ty się tam pojawisz i zabierzesz moją mapę? Moją drogocenną pamiątkę po ukochanym dziadku! – oczy zaszły mu fałszywymi łzami.

Panna Ofelia nie dała się nabrać na tanie sztuczki.

– Skoro ta mapa była dla ciebie tak cenna, to dlaczego zostawiłeś ją w dżungli na pastwę mrówek?

– Muszę ją komuś oddać, bo inaczej… – Silva przeciągnął wymownie ręką po szyi. – To potężni ludzie. Najpierw myślałem, że ta mapa jest niewiele warta, później okazało się, że zapłacą mi za nią niezłą sumkę, a kiedy mapa zaginęła, rozpętało się istne piekło! – jęknął. – A może – nagle zamarł – może rzeczywiście chodzi o El Dorado?! Oni tak szybko pojawili się w Brazylii… Może te plany wskazują wejście do złotego miasta? Gdybym znalazł to złotonośne miejsce, miałbym spokój do końca życia! – rozmarzył się. – Daj mi tę mapę, to razem odnajdziemy El Dorado i podzielimy się pół na pół! – zaoferował wspaniałomyślnie.

– A ja? A ze mną się nie podzielisz? – odezwał się z żalem Pedro Motta.

– Milcz bałwanie! – Antonio syknął zjadliwie.

Panna Ofelia udawała, że zastanawia się nad propozycją. Chciała zyskać na czasie, bo policja, jak zwykle w takich okolicznościach, spóźniała się.

– Skoro mam być twoją wspólniczką, to powiedz mi dokładnie, skąd twój dziadek miał tę mapę?

– To dość skomplikowane – Antonio odrzekł pokrętnie. – Dostała się w jego ręce w czasie II wojny światowej, właśnie tutaj, w Polsce.

– W Polsce? – panna Ofelia zrobiła okrągłe oczy.

– Dziadek był – Silva zawahał się – niemieckim żołnierzem – wyrzucił wreszcie swój sekret.

– Ach tak – Ofelia pomyślała, że to mogła być prawda. – A kim są ludzie, którym tak zależy na tej mapie? I jak się o niej dowiedzieli? – indagowała dalej.

– Sam do nich zadzwoniłem – westchnął Antonio. – Są z Wiednia. To ludzie z Zakonu Krzyżackiego. Dziadek przed śmiercią prosił, bym oddał im kilka dokumentów, między nimi była ta mapa. Tak to się zaczęło.

Panna Ofelia omal nie spadła ze schodów, gdy to usłyszała. Przez sekundę sztucer zadrżał w jej dłoniach. Nareszcie zaczynała wszystko rozumieć! Tutaj nie o El Dorado chodziło! Poszczególne elementy łamigłówki zaczynały układać się w spójną całość. Ktoś ścigał ulicami Wiednia Ryszarda i Bartka, zaraz potem jak wyszli od wielkiego mistrza zakonu. Włamanie do archiwum na zamku, uwięzienie dzieci w murach, wszystkie te wypadki miały wspólny mianownik – tajemniczy, cudowny relikwiarz! A mapa, którą przez przypadek posiadła, mogła do niego zaprowadzić. Ofelia była tego pewna! Musi czym prędzej powiedzieć o wszystkim Ryszardowi. Dzieciom mogło grozić wielkie niebezpieczeństwo! Z nimi również musi koniecznie porozmawiać. Panna Ofelia dałaby sobie rękę uciąć, że i one zdążyły już wplątać się w tę całą awanturę. I to pod jej czujnym okiem!

Dwaj mężczyźni widząc, że Ofelia nad czymś się zastanawia, zaczęli na migi dawać sobie znaki. Antonio musiał prędko obezwładnić tę blondynkę i… ją zlikwidować. Aby ratować życie, powiedział jej zdecydowanie za dużo. Za chwilę naprawdę przyjedzie policja i wtedy już się nie wywinie. Na skinienie głowy Pedro skoczył na Ofelię, chcąc wytrącić jej sztucer z dłoni.

Nie docenił jednak panny Łyczko.

Zwinnie zdzieliła go kolbą w czoło, a gdy z drugiej strony natarł na nią Antonio, celnym kopnięciem powaliła go na ziemię. A potem wystrzeliła, aż zabrzęczało potłuczone lustro...

Brazylijczyk skulił się, a Pedro zawył. Obaj byli przekonani, że oberwali kulkę.

– Co za piekielna kobieta! – zżymał się Antonio. Nadal był na szczęście cały, choć obolały.

– Jazda! Do pralni! – rozkazała niepokonana panna Ofelia. Wskazała drzwi obok łazienki. Było to niewielkie pomieszczenie z malutkim oknem, przez które ci dwaj na pewno nie zdołają się przecisnąć. Stała tam jedynie pralka i kosz na brudną bieliznę.

– Właźcie! – krzyknęła. – Przez was potłukłam lustro i narobiłam bałaganu! – panna Łyczko była solidnie rozsierdzona. – Następnym razem, będę celniej strzelać! – zagroziła. „Gdzie ta policja?!" – myślała rozpaczliwie.

Gdy napastnicy weszli potulnie do pralni, zamknęła ich na klucz i sama usiadła na krześle przed drzwiami. Ręce już jej drętwiały od tego sztucera.

– Wypuść nas! – Antonio łomotał w drzwi. – Ponegocjujmy! Dam ci siedemdziesiąt procent zysków z El Dorado, jeśli mnie wypuścisz – kusił.

– Akurat! – Ofelia prychnęła. Dobrze wiedziała, że ten mężczyzna jest bezwzględnym bandziorem i nie zostawi jej przy życiu. A poza tym historia z El Dorado była już nieaktualna. Nie wyprowadzała jednak Brazylijczyka z błędu.

– Otwieraj! – wydzierał się jak opętany na przemian z Pedrem.

– Ani mi się śni! – zaśmiała się panna Ofelia. I podeszła to telefonu. Nim chwyciła za słuchawkę, przyjechały dwa radiowozy. Wreszcie. I to na sygnale.

Do domu wpadli policjanci, a za nimi Kasztelan.

– Ofelio, nic ci nie jest?! – krzyknął na jej widok.

– Skąd się tu wziąłeś? – spytała zaskoczona.

– Chłopaki do mnie zadzwonili – wskazał policjantów w kamizelkach kuloodpornych.

– Gdzie są włamywacze? – zapytał inspektor Gackowski.

– W pralni – panna Ofelia odstawiła z ulgą sztucer. – Piorą własne sumienie – zachichotała.

– Ofelio, tak się o ciebie bałem! – Ryszard objął pannę Łyczko. – Myślałem, że już cię nie zobaczę!

– Ale jestem – uśmiechnęła się kobieta jego życia. – I nigdzie się nie wybieram – mrugnęła okiem. – Mam ci sporo do opowiedzenia – dodała.

– Domyślam się! – kiwnął głową Ryszard.

Gdy stróże prawa zakuwali przestępców w kajdanki, Kasztelan wyprowadził pannę Ofelię do kuchni, aby nie musiała już więcej na nich patrzeć. Przyniósł jej też szlafrok, żeby mogła się nim okryć.

– Napijesz się herbaty? – Ofelia zapytała z wdzięcznością. – W końcu jestem ci ją winna – uśmiechnęła się, przygładzając potargane włosy.

– Bardzo chętnie napiję się z tobą herbaty o drugiej nad ranem – Kasztelan spojrzał na wiszący na ścianie zegar kuchenny. – Co się tutaj właściwie wydarzyło? Skąd wzięli się ci ludzie? – strzelał pytaniami.

Ofelia zaparzyła w czajniczku zieloną herbatę. Odgarnęła grzywkę z czoła i westchnęła:

– Od czego by tu zacząć...

Z Kronik Archeo

Gdyby UFO wylądowało pośrodku Zalesia Królewskiego, nie narobiłoby takiej wrzawy, jak wydarzenia minionej nocy. Całe miasteczko mówi tylko o włamaniu do domu panny Ofelii. Cudem wyszła z tego bez szwanku.

Przestępcy nie byli zwykłymi złodziejaszkami. Policja szybko ustaliła ich tożsamość. Jeden z nich to niejaki Antonio Silva. Jest właścicielem nielegalnych kopalni złota w dżungli amazońskiej! A ten drugi, to jego pracownik. Silvę ściga brazylijski rząd i na pewno szybko wpłynie wniosek o jego ekstradycję.

Nasze miasteczko huczy od plotek! Wszyscy zastanawiają się, dlaczego ci ludzie zjawili się w Polsce, w Zalesiu i włamali się akurat do panny Ofelii, skromnej bibliotekarki?

My jednak znamy prawdę. Bartek rozpoznał w Pedrze błazna, który włamał się do archiwum Kasztelana. Panna Ofelia przyznała się, że przypadkiem weszła w posiadanie pewnej mapy, na której zależało Brazylijczykowi. Nie chciała nam jednak zdradzić, w jaki sposób ta mapa trafiła w jej ręce. W każdym bądź razie o dokument ten upomina się Zakon Krzyżacki. Tak przynajmniej twierdził Antonio Silva. Jesteśmy pewni, że mapa ta ma związek z relikwiarzem. Wielki mistrz Bruno Platter stanowczo zaprzeczał, aby zakon był uwikłany w tę historię, ale sprawy komplikują się coraz bardziej i już nikt nie wie, kto mówi prawdę, a kto kłamie.

Ania

Rozdział XXVII

Gniew Mistrza

– Panna Ofelia nie mówi nam wszystkiego – Ania zaczęła poważnym tonem.

W związku z ostatnimi wydarzeniami, Bartek zwołał naradę na wzgórzu zamkowym. W domu czy w ogrodzie ktoś mógłby ich podsłuchać, dlatego przyjaciele wybrali się na zamek i w cieniu zabytkowych murów omawiali swoje plany.

– Czemu tak myślisz? – zapytał brat.

– Bo widziałyśmy razem z Mary Jane jej dziennik z podróży. Nie było w nim ani słowa o Bieszczadach!

– Nie rozumiem…

Ania spojrzała z triumfem na przyjaciółkę. Wreszcie wiedziały coś, o czym Bartek nie miał zielonego pojęcia.

– Panna Ofelia nie była w górach – dodała Mary Jane, stopniując informacje, by wywrzeć na chłopcach większe wrażenie.

– A gdzie była? – zdziwił się Jim.

– W Ameryce Południowej! W Brazylii! – oznajmiła Ania.

– Co? Ale jak to? – chłopcy byli w szoku.

– A tak to. Widziałam na własne oczy jej notatki! – Ania przekonywała. – Nie znam szczegółów, bo miałam tylko parę sekund, żeby się im przyjrzeć, ale panna Ofelia skrywa przed nami wszystkimi jakąś tajemnicę!

– To stamtąd przywiozła mapę – wtrąciła Mary Jane.

– O w mordkę jeża! – Bartek wciąż nie mógł ochłonąć. – To dlatego dopadł ją tutaj ten Brazylijczyk. Silva przyjechał do Zalesia za panną Ofelią!

– Okej, przypomnijmy sobie wszystkie informacje, które udało nam się zebrać – Mary Jane przystąpiła rzeczowo do sprawy. Wyciągnęła notes i zaczęła w nim pisać:

– Po pierwsze: Antonio Silva szukał mapy, żeby sprzedać ją zakonowi. Ale myślę, że sam również chciał odnaleźć relikwiarz i dlatego jego człowiek zakradł się do zamkowego archiwum.

Wszyscy pokiwali głowami na znak, że zgadzają się z Mary Jane.

– Po drugie – kontynuowała – Silvę mamy już z głowy, bo trafił za kratki. Skradzione przez niego plany waszego zamku, powróciły do archiwum, a panna Ofelia przekazała swoją mapę wujkowi Ryszardowi i również mamy do niej dostęp. Wygląda na to, że możemy spokojnie prowadzić dalsze poszukiwania.

– Zaraz, zaraz, ale nie wiemy, kto stoi za pościgiem w Wiedniu. To nie był Silva – wtrącił Bartek poważnym tonem.

Mary Jane westchnęła. Gryzmoliła coś na kartce, zastanawiając się nad tym problemem.

– Nadal nie wiemy też, kto nas zamknął w murach zamku! – przypomniała Ania.

– To akurat mogła być sprawka Antonia – odpowiedział Bartek.

– A jeśli nie? – Jim powątpiewał.

– Może w Zalesiu działa ktoś jeszcze? – dodał Martin. – Pamiętacie? Był przecież ten samochód z austriacką rejestracją.

– Jak nic, wychodzi na to, że to zakon szuka relikwiarza! – podsumowała Mary Jane. – Silva nie odzyskał dla nich mapy, więc teraz...

Dzieci wymieniły zaniepokojone spojrzenia.

– Teraz dobiorą się nam do skóry – powiedział za wszystkich Martin.

– Chyba że... uprzedzimy ich działania i odnajdziemy relikwiarz – rzekła szybko Mary Jane. – Wtedy nie będą mogli nam już nic zrobić! Będzie po sprawie!

– Wątpię, czy nam się uda, nie dysponujemy przecież takimi środkami, jak oni – Bartek zasępił się.

– Mamy głowy nie od parady! A to już coś! – zaśmiała się Mary Jane. – Odkryliśmy przecież podziemia w Malborku, nikt jeszcze o tym nie wie! – ściszyła głos do szeptu. – Zdobyliśmy cenną wskazówkę, w tej rozgrywce prowadzimy.

– Dobrze, kontynuujmy poszukiwania. Od tej pory jednak musicie być bardzo czujni – przestrzegał Bartek. – Nie możemy dać się zaskoczyć, uważajcie na każdą podejrzaną osobę – dawał rady.

– *Yes! Yes!* – bliźniacy przytakiwali.

– Musimy dokładnie obejrzeć mapę panny Ofelii, może uda nam się ją skopiować – powiedziała Mary Jane.

– Musimy też rozgryźć, o co chodzi z tą wskazówką z Malborka – przypomniał Jim.

Bartek wyciągnął z torby notatkę z tłumaczeniem i dla przypomnienia przeczytał tekst jeszcze raz:

– *Jeśliś zdrajcą, nie znajdziesz skarbu, a gniew Wielkiego Mistrza cię dosięgnie. Lecz jeśliś z dobrym zamiarem tu przyszedł i sekret poznałeś, gniew mistrza na złoto przekujesz.*

– Rozwiązałeś tę zagadkę? – zapytał Jim.

– Chyba mam pewną koncepcję. Na początku pominąłem tę informację, ale słowo „gniew" nasunęło mi pewne skojarzenie…

– Jakie? – wszyscy niecierpliwili się.

– Sądzę, że w tym wyrażeniu zaszyfrowana jest nazwa zamku, w którym znajduje się relikwiarz.

Ania uważnie spojrzała na brata.

– To Gniew!

– Jaki gniew? – Gardnerowie nie zrozumieli, bo przecież Bartek nie potrafił mówić wielkimi literami.

Zamek w Gniewie:
zamek komturów krzyżackich. Został zbudowany na planie czworoboku pod koniec XIII wieku. W pierwszej połowie XIV wieku był najpotężniejszą twierdzą zakonu na lewym brzegu Wisły. Wielokronie przebudowywany na przestrzeni dziejów. Zmieniał też swoją funkcję. W 1921 roku strawił go wielki pożar. Odbudowa zabytku rozpoczęła się 1968 roku. Obecnie na zamku odbywa się wiele imprez kulturalnych i artystycznych. Na sierpniowy Międzynarodowy Turniej o Miecz Sobieskiego zjeżdżają rycerze z całego świata. Wielką atrakcją są organizowane na zamku żywe lekcje historii oraz kolonie z Harrym Potterem.

– Tak się nazywa miejscowość, w której znajduje się jeden z zamków krzyżackich! Rezydowali w nim komturowie zakonu. Relikwiarz jest w Gniewie! – wyjaśnił.

– Racja! Byliśmy tam kiedyś z rodzicami – przypomniała sobie Ania.

– To wydaje się całkiem logiczne! – przyznała Mary Jane. Po czym dodała zdumiona: – Aż za proste...

– W takim razie jedziemy do tego Gniewa! Czy twoi rodzice nas tam zabiorą? – Martin był gotów od razu wskoczyć do samochodu.

– Myślę, że nie odmówią nam małej wycieczki krajoznawczej – Bartek uśmiechnął się szelmowsko.

– Słuchajcie – odezwał się Jim – a co będzie, gdy dosięgnie nas ten inny gniew, ten Wielkiego Mistrza? O tym nie porozmawialiśmy! – słusznie zauważył.

– To taka metafora, nie rozumiesz? – tłumaczył bratu Martin. – „Gniew was dosięgnie", bla, bla, bla. Takie ostrzeżenie, jak w egipskich grobowcach. Żeby zniechęcić poszukiwaczy. My jesteśmy odważni i niczego się nie boimy! – Martin uderzył się w pierś niczym grecki heros.

– Będziemy się tym martwić później. Teraz załatwmy sobie transport i mapę panny Ofelii – ucięła Mary Jane. – Chodźmy! – podniosła się z trawy.

– Mam złe przeczucia – mruknął złowieszczo Jim, ale i tak podążył za przyjaciółmi do Bursztynowej Willi.

U podnóża zamku niespodziewanie dołączył do nich Thomas Anders.

Rozdział XXVIII

Nowe informacje

– Tu jesteście! Wszędzie was szukałem! – Thomas krzyknął na widok Gardnerów i Ostrowskich.

Bartek zmarszczył brwi.

– A ten tu skąd? – mruknął pod nosem.

Mary Jane przywitała Thomasa chłodno.

– Nie wiedziałam, że jeszcze jesteś w Zalesiu – powiedziała wyraźnie obrażona na chłopaka.

– Wybacz, Mary Jane, nie miałem czasu nawet się pożegnać przed wyjazdem do Wiednia. Mój ojciec został tam nagle wezwany w sprawach służbowych, a ja musiałem mu towarzyszyć. Nie zdążyłem cię powiadomić – tłumaczył się ze skruszoną miną. – Spotkałem Bartka w Wiedniu – uśmiechnął się do niego, jakby chciał, żeby Bartek potwierdził jego słowa.

– Tak, wpadliśmy na siebie – przytaknął zgryźliwie młody Ostrowski.

– No widzisz! – Thomas roześmiał się. – Wybacz mi, naprawdę bardzo przepraszam – mówił żarliwie.

Jim i Martin łypali na Thomasa spod oka.

– Dlaczego nas szukałeś? – zaciekawiła się Ania.

– Zdobyłem cenną informację, która pozwoli nam odnaleźć relikwiarz Wielkiego Mistrza! – wystrzelił szybko Thomas. – Gdy byłem w Wiedniu, przez przypadek dowiedziałem się kilku istotnych rzeczy.

– I co, nikt cię nie ścigał? – zapytał Bartekł.

– Nie, dlaczego, ktoś miałby mnie ścigać? – Thomas wydawał się zdziwiony tym pytaniem.

– Tak tylko pytam – Bartek wzruszył ramionami. – A przy okazji, od kiedy uczestniczysz w naszych poszukiwaniach? – Ostrowski zmrużył oczy.

Thomas ani trochę się nie speszył.

– Mary Jane wciągnęła mnie w tę sprawę – uśmiechnął się, patrząc na Angielkę.

Na jej policzkach wykwitł szkarłatny rumieniec.

– Ach, tak, zdaje się, że ja nie mam już tu nic do powiedzenia – Bartek naburmuszył się.

Ania, widząc, że sytuacja się zaognia, przerwała tę niefortunną wymianę zdań i skierowała rozmowę w inne rejony:

– Nie kłóćmy się, powiedz wreszcie, czego się dowiedziałeś!

– Ustaliłem, kim byli zdrajcy, którzy poszukiwali relikwiarza! – oświadczył z dumą.

– Jak ci się to udało? – pozostali wykrzyknęli zdumieni.
– Wykorzystałem pewne kontakty ojca, ale to nieważne – machnął ręką. – Relikwiarz chciało zdobyć jakieś tajne bractwo z Europy Zachodniej. Zaskarbili sobie najpierw przychylność i zaufanie Ulricha von Jungingena, żeby uzyskać jak najwięcej informacji o legendarnym skarbie Krzyżaków, a potem przygotowali się do jego przejęcia. Ale Wielki Mistrz zorientował się, że to zdrajcy i ukrył relikwiarz prowadzący do skarbca. Zachowało się nazwisko jednego ze zdradzieckich rycerzy, to Zygfryd z Turyngii.
– Skąd o tym wszystkim wiesz? Jak zdobyłeś takie informacje? – Bartek zapytał nieufnie.
– Mówiłem już Mary Jane, że szukanie skarbów to moja pasja i też mam swoje źródła.
– Strażnik relikwiarza, brat Gotfryd zginął, ale pewnie przeżyli ci, którzy go szukali – dedukował wolno Jim.
– I dlatego teraz też ktoś go szuka – pokiwała głową Ania.
– To co, przyjmiecie mnie teraz do spółki? Mogę z wami kontynuować poszukiwania?

Bartek miał bardzo mieszane uczucia. Jednak Thomas i tak wiedział już prawie wszystko, a prawdopodobnie i jeszcze więcej. A może jest po prostu takim samym pasjonatem jak on sam, a Bartek, przez zazdrość o Mary Jane, niesłusznie go ocenia?

– Dobra, przyjmujemy cię do naszej paczki – powiedział krótko.
– Super! – ucieszył się Thomas.
– Wybieramy się na zamek w Gniewie – poinformowała go Mary Jane. – Jedziesz z nami?

– Oczywiście! – ucieszył się Thomas. – Wpadliście na nowy trop?

– Sądzimy, że właśnie tam znajdziemy relikwiarz.

Thomas nie zapytał, skąd ta pewność. Gotów był jednak od razu wyruszyć na poszukiwania.

– Kiedy jedziecie?

– Jak dobrze pójdzie, to jutro – odrzekł Bartek. – Jeszcze się zdzwonimy.

– Namówię ojca na wycieczkę do Gniewa i spotkamy się już tam, na miejscu – oświadczył. – A teraz wybaczcie mi, ale muszę lecieć, mój tata na mnie czeka i pewnie się wścieka

– mrugnął okiem. – Cześć! – rzucił na pożegnanie i zbiegł z zamkowego wzgórza.

Ania patrzyła za oddalającą się sylwetką Thomasa. Był po raz pierwszy w Polsce, a czuł się tutaj zupełnie swobodnie. Nawet nie zapytał, gdzie leży Gniew ani co to za miejsce. Jakby od dawna wszystko o nim wiedział.

– Dziwne – mruknęła dziewczynka.

Tymczasem Bartek i Mary Jane podjęli dyskusję na temat brata Gotfryda i Zygfryda z Turyngii.

– Dlaczego w zamkowym archiwum nie ma żadnej wzmianki na temat brata Gotfryda i tego, że został... – Mary Jane przełknęła ślinę – otruty?

– Nie wiem – Bartek wzruszył ramionami. – Pewnie się nie zachowały.

– Albo ktoś po tej zbrodni dobrze zatarł ślady – rzekł Jim. – Pewnie ten Zygfryd.

– Brr – Ania wzdrygnęła się.

– Tak, to dosyć mroczne – przyznała Mary Jane.

– O mały włos nie skończyliśmy podobnie jak Gotfryd! Na wieki zamknięci w murach! – Martin przypomniał z ponurą miną.

– Nikomu więcej nie damy się złapać ani wciągnąć w pułapkę! – zapewnił poważnym tonem Bartek. – Odnajdziemy relikwiarz i zakończymy tę sprawę!

Gdy to powiedział, posępny nastrój ulotnił się i przyjaciele zaczęli snuć plan podróży do Gniewa.

ROZDZIAŁ XXIX

Uścisk śmierci

Siedzimy właśnie w samochodzie. Jesteśmy w drodze do Gniewa. Ja i Mary Jane jedziemy z wujkiem Ryszardem i panną Ofelią, a chłopcy z moimi rodzicami. Mamy szczęście, bo na zamku odbywa się dzisiaj jakaś inscenizacja historyczna. Im więcej zamieszania, tym lepiej dla naszych planów.

Udało nam się skopiować mapę panny Ofelii. Bartek uważa, że dotyczy ona gniewskiego zamku, świadczy o tym zaznaczona duża studnia na niewielkim dziedzińcu. Gdzieś tam być może znajduje się wejście do nieznanych nikomu tuneli! Jeszcze trochę i będziemy mogli się o tym przekonać.

Thomas dzwonił, że jest już na miejscu i na nas czeka. Mam nadzieję, że poznamy wreszcie jego ojca, bo jak do tej pory, to nawet Mary Jane go nie widziała…

Ania notowała w Kronice ostatnie zdarzenia. Nawet wyboista droga jej nie przeszkadzała. Nagle Mary Jane szepnęła jej do ucha:

– Odwróć się, wydaje mi się, że ten samochód jedzie za nami już od dłuższego czasu – wskazała jadące w oddali czarne BMW.

– Niedobrze… – mruknęła Ania.

Mary Jane oglądała wcześniej gniewski zamek w Internecie i zdawała sobie sprawę, że budowla ta nie ma tak imponujących rozmiarów jak zamek w Malborku. Pamiętała też, że twierdza w Gniewie spłonęła prawie doszczętnie w 1921 roku. Odbudowano ją dopiero wiele lat później.

Czy relikwiarz nie uległ zniszczeniu podczas wielkiego pożaru?

Jedynym sposobem, żeby się o tym przekonać, było spenetrowanie podziemi. Jeśli mapa, której Bartek zrobił zdjęcie, była właściwa, dosyć łatwo powinni znaleźć wejście do ukrytych tuneli, które być może rozciągały się pod zamkowym wzgórzem albo i jeszcze dalej.

Tego dnia przed zamkiem w Gniewie odbywał się spektakl historyczny „Bitwa dwóch Wazów" z udziałem miejscowego bractwa rycerskiego. Wujek Ryszard natychmiast się tym zainteresował i wraz z Ostrowskimi i panną Ofelią zajął dogodny punkt obserwacyjny. Poszukiwaczom relikwiarza nie starczyło jednak cierpliwości, aby obejrzeć spektakl do końca.

W tłumie odnalazł ich Thomas i teraz wspólnie wyczekiwali właściwej chwili na rozpoczęcie poszukiwań.

– Tato, trochę zgłodnieliśmy – Bartek zwrócił się do swojego ojca. – Pójdziemy do restauracji coś zjeść.

Pan Adam wiedział, że na dziedzińcu zamku znajduje się karczma.

– Dobrze – wyraził zgodę – idźcie, my zaraz do was dołączymy.

Dzieci pognały jak na skrzydłach.

Zatrzymały się dopiero pośrodku niewielkiego dziedzińca, tuż obok dużej, ocembrowanej studni. Wokół roiło się od turystów. Drzwi do karczmy były szeroko otwarte, ale młodzi przyjaciele nawet do niej nie zajrzeli. Razem z Thomasem jeszcze raz sprawdzili wydruk mapki.

– Jest studnia – Bartek pokazał na mapce palcem – musiała być tu już za komturów krzyżackich.

– A karczma? – spytał Jim.

– Przecież wtedy tu nie było żadnej restauracji! – Martin puknął się w czoło.

– Według tego planu, drzwi do podziemnych tuneli znajdują się... – Bartek stanął z mapą, tak aby pokrywały się niektóre punkty odniesienia. – Tam! – wskazał niepozorne drzwi na wprost, tuż obok karczmy.

Udając turystów, stanęli przy nich w zwartej grupce. W tym dniu dopisywało im szczęście. Drzwi były otwarte. Niepostrzeżenie, po kolei wchodzili do piwnic. Na zewnątrz pozostał jeszcze Bartek. Sprawdził, czy nikt nie patrzy i już odwrócił się, żeby dołączyć do pozostałych, gdy nagle usłyszał przeciągły krzyk ptaka. Zadarł głowę i ujrzał przelatującego nad dziedzińcem sokoła.

„Pewnie są też pokazy sokolników" – pomyślał i dłużej nie zwlekając, dał nura do piwnic.

Na pierwszy rzut oka nie było w nich nic nadzwyczajnego. Wyglądały jak zwyczajne zamkowe podziemia. Było w nich chłodno i wilgotno. W kącie stały drewniane beczki z bliżej nieokreśloną zawartością.

Thomas pierwszy odkrył w ceglanej ścianie zamurowaną wnękę. Jakby kiedyś, bardzo dawno temu, było tam jakieś przejście.

– I co teraz? – Jim postukał w zimne cegły.

– Według mapy, wejście do tuneli znajduje się po drugiej stronie – stwierdził Bartek.

– Ale głową tego muru nie przebijesz! – westchnęła Mary Jane.

Ania stanęła przed wnęką i uważnie badała mur. Nagle dostrzegła coś niezwykłego. Na jednej z cegieł, prócz licznych zadrapań i odprysków powstałych na przestrzeni burzliwych dziejów zamku, dostrzegła miniaturowy znak, coś jak okrągły stempel pocztowy. Ukucnęła, żeby przyjrzeć mu się bliżej.

Ten stempelek coś jej przypominał. Mógł to być znak odciśnięty przez mistrza wyrabiającego cegły, ale równie dobrze mógł to być...

– Pelikan! – powiedziała podekscytowana na widok znajomego symbolu.

Thomas nacisnął na cegłę, szukając ukrytego mechanizmu. Nic się jednak nie działo.

Wszyscy poczuli ogromny zawód.
– Trzeba ją wykuć! – stwierdził Bartek i zaraz zaczął się rozglądać za jakimś narzędziem Tuż obok jednej z beczek zauważył leżący na ziemi ciężki młotek bednarski.
– O, w sam raz się przyda! – ucieszył się.
Na zmianę z Thomasem zaczęli rozkuwać cegłę. Tępe odgłosy uderzania przyprawiały Mary Jane o palpitacje serca. Obawiała się, że zaraz ktoś wejdzie i ich nakryje.

Cegła okazała się nadspodziewanie krucha. W ciągu kilku minut rozsypała się na drobne kawałeczki, odsłaniając metalowy zamek.

– O rany! – Thomas ucieszył się z odkrycia.

Bartek ściągnął z szyi zawieszony na rzemyku klucz z główką gryfa.

I tym razem pasował.

Po przekręceniu klucza, cała wnęka lekko zadrżała, po czym odsunęła się na tyle, że utworzyło się wąskie przejście. Widocznie w ścianie ukryty był skomplikowany mechanizm.

Niezwykły przeciąg rozwiał dzieciom włosy, a w nozdrza uderzył zapach stęchlizny. Jakiś nieokreślony lęk zakradł się w serca poszukiwaczy.

– Nie chciałabym, żeby ktoś nas tutaj zamknął – głos Ani załamał się. – Jeśli ktoś naprawdę całą drogę nas śledził w tym BMW, to teraz pewnie jest również na zamku – napomknęła.

– Nikt nie zauważył, że tutaj weszliśmy. Ale to na pewno tylko kwestia czasu, zanim się zorientują, gdzie jesteśmy. Mamy nad zakonem przewagę i powinniśmy ją wykorzystać. Wejdźmy tam, znajdźmy skarb, zanim nas dopadną! – przekonywał Thomas. – Rodzice też zaczną nas wkrótce szukać.

Bartek zarządził głosowanie.

Wszyscy byli jednomyślni...

Mroczne lochy ciągnęły się dość daleko. Na pewno sięgały poza zamkowe wzgórze. Po przejściu kilkunastu metrów, rozpoczynała się sieć tuneli. Na mapce na końcu każdego z nich znajdowało się mniejsze bądź większe pomieszczenie.

– Nie zdołamy sprawdzić ich wszystkich – westchnęła Mary Jane. Tunel, którym obecnie szli, właśnie rozdzielał się na dwa odgałęzienia. Obie odnogi lochu prowadziły gdzieś znacznie dalej.

– Powinniśmy się rozdzielić – powiedział Thomas. – Ja z Bartkiem pójdę w lewo, a wy w prawo – zwrócił się do dziewczyn i bliźniaków.

– To chyba nie jest dobry pomysł – zaoponowała Ania. Nie miała zamiaru rozstawać się z bratem.

– Zaufaj mi, tak będzie szybciej – przekonywał Thomas.

Bartek również stał z niezdecydowaną miną. To zawsze on dowodził i czuł, że nie powinien Mary Jane pozostawiać samej z młodszymi członkami grupy. Lecz Thomas miał w jednym rację: musieli sprawdzić każde możliwe miejsce ukrycia relikwiarza i zrobić to, zanim dopadną ich ludzie z zakonu.

– Dobra, tylko tam zerkniemy z Thomasem i zaraz do was dołączymy – Bartek postanowił szybko.

– Okej, to ruszajcie. A my tymczasem zobaczymy, co kryje się na końcu naszego tunelu – Mary Jane zgodziła się, że to najlepsze rozwiązanie. – Chodźmy! – skinęła na swoją gromadkę.

Bartek i Thomas szli dość długo, nim znaleźli się w jakimś wilgotnym pomieszczeniu. Ze ścian i sklepienia zwieszały się gęste pajęczyny, jakby utkały je pająki olbrzymy.

– Dobrze, że nie ma z nami dziewczyn – zaśmiał się Bartek, gdy kolejna, obrzydliwa pajęcza sieć oblepiła mu twarz.

– Wyglądasz jak Spiderman – zarechotał Thomas, ale zaraz przestał się śmiać, bo potknął się o zardzewiały naramiennik od zbroi i runął jak długi na wilgotną, pozieleniałą posadzkę. Bartek zaśmiał się, a potem pomógł mu wstać.

Po chwili obaj rozglądali się z uwagą.

– To chyba jakaś stara zapomniana zbrojownia – mruknął Bartek. Wokół leżało sporo pordzewiałej broni i zbroi.

– Albo przedsionek skarbca! Spójrz! – Anders wskazał w ścianie maleńkie drzwi, a na nich gryfa w koronie oplecionego winoroślą. Dokładnie ten sam motyw ozdabiał ich klucz!

– Dla kogo były te drzwi? Chyba dla krasnoludków – Bartek dziwił się ich niewielkimi rozmiarami. Były za małe nawet jak na jakiś schowek. – Myślisz, że relikwiarz jest właśnie tutaj? – młody Ostrowski czuł, jak zaczynają mu z ekscytacji drżeć ręce.

– Na pewno! A może i cały skarbiec! – Thomas był jeszcze bardziej podniecony wizją wielkiego odkrycia. – Daj klucz, sprawdzimy, czy pasuje!

Bartek zastanowił się przez moment, a potem ściągnął z szyi klucz brata Gotfryda.

Powoli włożył go w otwór zamka.

– Tutaj również pasuje! – szepnął i oblizał spierzchnięte wargi.

– Wasz klucz otwiera wszystkie zamki! Skąd go macie? – Thomas był tym poruszony.

– E, to długa historia – Bartek w skupieniu obracał kluczem. Klik-klak...

Rozległ się dźwięk mechanizmu.

Po chwili maleńkie drzwi stały otworem.

Natychmiast skierowali do wnętrza światła latarek.

Coś błysnęło złotem...

– Jest! To skarb! – krzyknęli obaj chłopcy.

– Wchodzimy? – Thomas szturchnął Bartka.

– Nie, zaczekaj – powstrzymał go Ostrowski. – Powinniśmy przyprowadzić tu Mary Jane, Anię i bliźniaków. Bartek chciał być lojalny wobec przyjaciół i pragnął, aby oni również mogli się cieszyć z odkrycia.

– Nie ma sprawy – zgodził się Thomas. – Ale słuchaj, sprawdźmy chociaż, czy relikwiarz tam w ogóle jest. Nie możemy tracić czasu na pomyłki. Poza tym, po co mają się rozczarować. Zanim ich zawołamy, upewnijmy się.

Bartek wahał się i ociągał. Chciał cieszyć się razem z przyjaciółmi, ale nie chciał też ich zawieść.

– No dobra, ale tylko zerkniemy! – zastrzegł.

– Jesteś ode mnie drobniejszy, ty wchodź – powiedział Thomas z wielkoduszną miną, jakby wiele kosztowała go rezygnacja z tego, żeby ujrzeć skarb, jako pierwszy.

– Jak chcesz – Bartek wzdrygnął ramionami.

Musiał uklęknąć na czworakach, żeby wcisnąć się w niewielki otwór. Mimo że faktycznie był drobniejszej postury niż Thomas, i tak ledwo się zmieścił. Światło jego latarki wciąż wydobywało gdzieś z głębi ciasnego pomieszczenia złote refleksy. Bartek czuł, że dalej jest znacznie szerzej. Był już coraz bliżej złotego przedmiotu, gdy nagle rozległ się głuchy łomot.

Chłopak odruchowo skulił się.

Dopiero po kilku sekundach zorientował się, co się stało.

Nie mógł się odwrócić, więc jak rak zaczął cofać się do maleńkich wrót, przez które wszedł.

Były zamknięte.

– Thomas! Thomas! – krzyknął i z wściekłością kopnął w drzwi. – To głupi żart! Otwieraj!

Lecz po drugiej stronie nikt się nie odezwał.

Bartek kopnął w maleńkie wrota jeszcze kilka razy, ale nic to nie dało.

Tkwił zamknięty, jak w jakimś grobowcu.

– Głupiec ze mnie! – jęknął. – Thomas z kimś współpracuje! To jasne jak słońce! Wyciągnął od nas wszystkie informacje! Na pewno on zamknął nas w murach zamku w Zalesiu. Teraz widać, że to jego metody! – Bartek prychnął z irytacją.

Zdał sobie sprawę, że jego siostrze i przyjaciołom groziło wielkie niebezpieczeństwo, a on tkwił tu zamknięty jak korniszon w słoiku! Thomas na pewno zabrał klucz brata Gotfryda, który został w zamku!

– Na pomoc! – chłopiec zawołał kilkakrotnie.

Nikt go jednak nie słyszał.

Ruszył więc znowu do przodu z nadzieją, że znajdzie inne wyjście.

Tak jak przewidywał, wąski przesmyk zmienił się w obszerniejszą piwnicę. Odkrył też przedmiot, który rzucał złote błyski.

– Złoty hełm! – powiedział do siebie półgłosem.

Już podnosił go z ziemi, gdy wtem, jakiś ciężar spadł mu na ramiona.

– Aaaa! – Bartek wrzasnął jak oparzony i gwałtownym ruchem zrzucił to coś, co wlazło mu na plecy.

Skóra ścierpła mu na karku, gdy ujrzał ludzki szkielet. Czaszka odłamała się od kręgosłupa i pozostała w hełmie, podczas gdy reszta opartego o ścianę szkieletu, gruchocząc kośćmi, spadła na ramiona Bartka.

– Jeżeli się stąd nie wydostanę, skończę tak jak on! – pomyślał Bartek, z przerażeniem patrząc na pożółkłe kości.

Dławiąca, grobowa cisza, niczym śmierć ścisnęła chłopca za gardło.

Rozdział XXX
To nie tak miało być

– Hej! Mary Jane! – Thomas dogonił Angielkę i resztę dzieciaków.

– A gdzie Bartek? – Ania gwałtownie zareagowała na nieobecność brata.

– No właśnie, gdzie on jest? – Mary Jane spoglądała w głąb tunelu, sprawdzając, czy nie nadchodzi.

– Nie odnaleźliśmy relikwiarza, ale Bartek chciał jeszcze coś sprawdzić, taki jeden drobiazg – wyjaśnił Thomas.

– Dlaczego nie zostałeś z nim? – spytał Jim.

– Martwił się o was, nie chciał, żebyście zbyt długo byli sami. Dlatego kazał mi do was dołączyć. Sam zaraz też przyjdzie. Proponowałem, że zostanę z nim, ale on nie chciał mnie słuchać.

– Cały Bartek! – westchnęła Mary Jane.

– Wpadliście na jakiś trop? – Thomas zmienił temat.

– Na razie nie, ale chcemy przekonać się, co się kryje za tamtymi drzwiami z dwiema kolumienkami po bokach – pokazała Mary Jane.

– To na co czekamy! – ponaglił Thomas.

– Bez brata nigdzie się nie ruszam! – oświadczyła Ania. Skrzyżowała ręce na piersi i z naburmuszoną miną patrzyła na Thomasa.

– Nie martw się, on zaraz przyjdzie – Mary Jane otoczyła przyjaciółkę ramieniem.

– Coś mi się tu nie podoba! – Ania syknęła.

Thomas niecierpliwie przestępował z nogi na nogę.

Mary Jane uśmiechnęła się do niego słodko i zatrzepotała zalotnie rzęsami. Chłopak odwzajemnił uśmiech, ale nie miał zamiaru dłużej czekać.

Ania czuła, że coś jest nie tak, a Mary Jane najwyraźniej ten chłopak odebrał rozum! Chyba naprawdę się w nim zakochała. Co ona wyprawia? – dziewczynka mierzyła przyjaciółkę ponurym wzrokiem. Nawet Jim z Martinem podejrzliwie przypatrywali się siostrze.

– Słuchajcie, zaraz będą tu ludzie zakonu. Bartek będzie na nas wściekły, jeśli damy się wyprzedzić! – przekonywał Thomas.

– Tak, masz rację, wybacz mojej małej przyjaciółce – uśmiechnęła się słodko Mary Jane. – Jest bardzo zżyta z bratem, to takie papużki nierozłączki – tłumaczyła Thomasowi. – Sprawdźmy szybko, co jest za tymi drzwiami – wskazała. –

Według planu, to właśnie tam może być ukryty relikwiarz! – powiedziała z naciskiem, akcentując ostatnie słowo.

– Przekonajmy się – Thomas otworzył drzwi i wszedł do środka. Pozostali weszli za nim.

Znaleźli się w dziwnej, okrągłej piwniczce.

Mary Jane rozejrzała się uważnie. Tuż po swojej prawej stronie, w niewielkiej wnęce, dostrzegła drewniany kołowrót. Gdy uniosła głowę, dostrzegła, do czego służył... Zbliżyła się szybko do Jima i wyszeptała mu coś na ucho.

Ściana na wprost pokryta była licznymi napisami wydrapanymi bezpośrednio na murach. Były to jakieś symbole i liczby. Wiele liczb bądź przekreślonych kresek.

– Co to znaczy? – Thomas wodził palcami po napisach.

Nagle Mary Jane zawołała:

– Thomas, zobacz! Krzyżackie monety! – z wielkim przejęciem wskazała leżące na ziemi lśniące monety. Jesteśmy blisko skarbu!

Thomas natychmiast przypadł do monet i zaczął je zbierać. W tym momencie Angielka zrobiła kilka kroków w tył i przekręciła kołowrót przy wejściu. Na jej znak Ania, Jim i Martin uciekli.

Ogromna krata opadła z przeraźliwym jazgotem. Nim Thomas się zorientował, został uwięziony jak kanarek w klatce.

– Co się dzieje? Co to? To jakaś pułapka! – wykrzykiwał i szarpał pręty kraty. Dopiero po chwili otrzeźwiał.

– Dlaczego mi nie pomagacie?

Mary Jane, Ania, Jim i Martin stali naprzeciw niego z ponurymi minami. Z tą różnicą, że oni byli wolni, a Thomas nie!

Mary Jane już nie uśmiechała się słodko. Miała groźną i zaciętą minę.

– A teraz gadaj, gdzie jest Bartek? Co mu zrobiłeś? – zażądała.

– Nic mu nie zrobiłem – zaprzeczył piskliwym głosem Thomas. – To wy mnie uwięziliście!

– Niewiniątko się znalazło! – Mary Jane wykrzywiła usta w szyderczym uśmiechu. – Gadaj, gdzie jest Bartek! Bo zostawimy cię tutaj na wieki! Nikt cię nawet nie usłyszy! Te mury są bardzo grube! To jak, chcesz zostać duchem tego zamku? – Mary Jane była bezwzględna, ale już wiedziała, że trafiła na groźnego przeciwnika i jeśli będzie za miękka, to Thomas nie zdradzi, co się stało z Bartkiem. Od razu przecież zauważyła, że miał na szyi rzemyk z kluczem brata Gotfryda. Była pewna, że Bartek sam mu go nie dał. Musiało go spotkać coś złego! Odegrała więc postać słodkiej idiotki, a Jim pomógł jej rzucając na ziemię przynętę – złote monety, które kupił na pamiątkę w Malborku. To one, w słabym świetle latarki, wydały się Thomasowi złotym skarbem.

– Oddaj klucz Bartka i mów, gdzie on jest! – zażądała raz jeszcze Mary Jane.

– Wiesz, że w tym zamku są szczury? Sam widziałem, są ogromne! – Martin sugestywnie przedstawił rozmiar gryzoni.

– Kiedy my stąd wyjdziemy, zostaniesz sam! – dorzuciła twardo Ania.

Thomas namyślał się. Miał co prawda w plecaku telefon komórkowy, ale w tych podziemiach na nic się nie przyda.

Grube mury skutecznie uniemożliwiały połączenie z kimkolwiek. To nie tak miało być. To on miał wciągnąć wszystkich w pułapkę i się ich pozbyć. Chciał tylko najpierw z pomocą Mary Jane odnaleźć relikwiarz i skarbiec. Jednak role się odwróciły.

– No dobra, dam wam klucz i powiem, gdzie jest Bartek, ale najpierw mnie wypuścicie – przystąpił do negocjacji.

– Ty wstręciuchu, więc jednak mu coś zrobiłeś! Przyznałeś się! – Ania zacisnęła pięści.

– Wypuścimy cię, gdy się upewnimy, że Bartek jest cały i zdrowy – Mary Jane naciskała.

Thomas znowu się namyślił.

– Niech wam będzie. – Zrezygnowany ściągnął z szyi rzemyk, na którym rzeczywiście dyndał klucz i podał go przez kratę.

Martin natychmiast go chwycił. Lecz Thomas wcale nie zamierzał wypuścić klucza z dłoni.

– Przyrzeknijcie, że wrócicie po mnie! – zażądał, trzymając go mocno.

– Niczego nie będziemy ci obiecywać! – Mary Jane podskoczyła i gwałtownym ruchem wyszarpnęła mu klucz.

– Hej! Nie zostawiajcie mnie tutaj! – Thomas zakrzyknął żałośnie.

W odpowiedzi na jego wołanie, Mary Jane zatrzasnęła drzwi więziennej celi. Thomas świecił latarką we wszystkie kąty. Martin tak sugestywnie mówił o tych szczurach, że teraz, gdy został sam, dostał gęsiej skórki. Przez ułamek sekundy zdawało mu się, że przemknął w pobliżu obrzydliwy, nagi, szczurzy ogon.

– Dobrze, że chociaż latarkę mi zostawili – odetchnął z ulgą.

Po tych słowach światło latarki zamrugało, a zaraz potem zgasło…

Rozdział XXXI
Komnata Gargulców

– Bartek, jesteś tam? Bartek! – Ania wołała z rozpaczą.

Ponieważ Thomas nie chciał zdradzić, gdzie jest młody Ostrowski, przyjaciele doszli do rozwidlenia tuneli, przy którym wszyscy w komplecie widzieli się po raz ostatni. Dzięki świetnej orientacji Mary Jane w terenie, udało im się trafić do lochu z maleńkimi wrotami.

– Jesteś tam, braciszku? – Ania przypadła do drzwiczek i nasłuchiwała.

– Hej! Pomocy! Ratunku! – rozległo się wewnątrz zduszone wezwanie.

Mary Jane drżącymi palcami przekręcała w zamku klucz odebrany Thomasowi.

Po chwili Bartek wygramolił się z wąskiego przesmyku.

– Myślałem, że zostanę tu już na zawsze! – Chłopak nie posiadał się z radości, gdy przyjaciele wybawili go od śmierci głodowej. – Thomas nie podobał mi się od samego początku, ale nie sądziłem, że aż tak źle to się skończy! – Bartek mówił szybko, otrzepując spodnie. – A w ogóle, to gdzie on jest? Nic wam nie zrobił? – zaniepokoił się.

– Chwilowo jest dla nas nieszkodliwy – odparła Mary Jane z tajemniczym uśmieszkiem. – Opowiemy ci wszystko potem, teraz musimy odszukać relikwiarz!

– Racja! – Choć Bartka paliła ciekawość, gdzie podział się Thomas, wolał teraz skupić się na skarbie.

– Przypominam wam, że zakon depcze nam po piętach. Thomas jest na razie unieszkodliwiony, ale nie wiemy, kto jeszcze jest zamieszany w tę sprawę – przypominał Jim.

– Racja, bracie! Nie marnujmy czasu – Bartek spojrzał na zegarek.

– Sprawdziliśmy dwa pozostałe tunele zaznaczone na mapie. Nic w nich nie ma – Mary Jane zrelacjonowała przebieg poszukiwań.

– Może relikwiarz został przeniesiony w inne miejsce? – zasugerowała Ania.

– Kiedy siedziałem zamknięty w tym lochu, miałem trochę czasu do namysłu. Sądzę, że relikwiarz znajduje się w tu! – Bartek wskazał pewien punkt na mapie oznaczony czerwonym rubinem.

– *Let's go!* – wykrzyknęli bliźniacy i wszyscy pędem ruszyli do miejsca, które pokazał.

Tunel, którym biegli, doprowadził ich do kolejnych drzwi. Tym razem ozdabiały je piękne arabeski podobne do tych z mosiężnego walca odnalezionego w Zalesiu Królewskim.

Dzieci od razu zauważyły podobieństwo.

Mary Jane zdjęła z szyi rzemyk z kluczem brata Gotfryda. Wsunęła go w zamek i przekręciła trzy razy.

Drzwi ustąpiły.

Przyjaciele weszli i... zamarli.

Wnętrze pomieszczenia było przerażające.

Na kilkunastu kolumnach siedziały ogromne, ohydne gargulce i przerażającymi ślepiami wpatrywały się w intruzów.

Wrażenie było tak silne, że Ania cofnęła się do wyjścia.

– Może, może sobie stąd pójdziemy? – jąkał się Martin.

– Taak, niezbyt tu wesoło – poparł go Jim.

– Nie najlepsze miejsce do ukrycia relikwiarza – Mary Jane dostała gęsiej skórki. – Komnata Gargulców, brr...

– Nie, wręcz przeciwnie – Bartek zafascynowany oświetlał latarką wykrzywione paszcze potworków. – Jesteśmy na dobrym tropie.

Pozostali jednak nie podzielali jego optymizmu.

Ania zamknęła oczy, żeby nie patrzeć na stwory.

Jedynie Mary Jane odważnie podążała za Bartkiem.

Nagle światło jej latarki wydobyło z mroku zarys czegoś na kształt księgi.

Podeszła bliżej.

Na samym końcu komnaty, ostatni ze skrzydlatych gargulców trzymał w swoich szponach księgę...

– Chodźcie tutaj! – Mary Jane zawołała.

Ania otworzyła wreszcie oczy i szybciutko podbiegła do Mary.

– Relikwiarz! – Bartek wykrzyknął z przejęciem i ruszył w stronę kolumny.

Tym razem jednak Jim był szybszy. Wdrapał się na kolumnę i wyciągnął księgę ze szpon gargulca. Zsunął się na ziemię i podał ją Bartkowi.

W jednej chwili komnata przestała być tak przerażająca.

Przedmiot, który trzymał Bartek, okazał się być długo poszukiwanym relikwiarzem! Nie była to księga, jak w pierwszej chwili wydawało się Mary Jane, lecz drewniany, pozłacany i wysadzany drogimi kamieniami, zamykany relikwiarz. W jego wnętrzu znajdowało się mnóstwo przegródek wypełnionych maleńkimi rzeźbami z postaciami świętych.

W najmniejszej przegródce tkwił złoty pierścień wysadzany rubinami.

– To pierścień Wielkiego Mistrza! – wykrzyknął Bartek. Widziałem podobny na palcu Bruno Plattera!

– Weźmy go, zaprowadzi nas do skarbca! – Mary Jane oglądała klejnot. – Spójrz, są na nim wyryte dwa miecze, to dziwne – stwierdziła. – Bruno Platter też tak miał? – zwróciła się do Bartka.

Chłopak podrapał się po czuprynie, starając się przypomnieć sobie wszystkie szczegóły.

– Chyba miał tam swój herb, ale zdaje się, że nie były to miecze...

– Kojarzycie jedno z oznaczeń na mapie? – Ania jak zwykle wykazała się doskonałą pamięcią. – Tam były dwa skrzyżowane miecze.

Mary Jane rozłożyła szybko wydruk mapy.

– Rzeczywiście! – wykrzyknęła coraz bardziej podekscytowana.

– Tam właśnie jest skarbiec! – powiedział Bartek dobitnie i szybko spakował relikwiarz oraz pierścień do torby. Bez żalu przyjaciele opuścili komnatę gargulców.

Tym razem mapa zaprowadziła ich na obszerny, podziemny placyk.

– To miejsce do złudzenia przypomina dziedziniec na zewnątrz zamku! – stwierdziła Mary Jane.

– Jest nawet brama, taka sama, jak ta, przez którą weszliśmy! – zauważyła Ania. Jim i Martin podbiegli do bramy, żeby sprawdzić, co znajduje się po jej drugiej stronie.

– Stójcie, to pułapka! – wykrzyknął ostrzegawczo Bartek, który jako pierwszy dostrzegł niebezpieczeństwo. Zatrzymał chłopców akurat w chwili, gdy stanęli nad krawędzią głębokiej, suchej fosy. Jej dno najeżone było setkami ostrych pik. Na przeciwległym brzegu fosy znajdowała się kolejna brama. Dostępu do niej broniły dwa ogromne, lśniące miecze skrzyżowane ze sobą.

– Są miecze! To tam jest skarbiec! – Jim czuł radosne podniecenie.

– Jak się tam dostać? – Mary Jane z lękiem zerknęła w dół, na śmiercionośny las pik.

– Tam, gdzie jest fosa, jest i most zwodzony – mruczał Bartek. – Zazwyczaj – dodał niepewnie i skierował światło latarki na przeciwległy brzeg fosy.

– Rzeczywiście jest! – wykrzyknął Martin, gdy wszyscy dostrzegli drewniany most zwodzony.

– Ale po tamtej stronie! Stąd go nie opuścimy! – kalkulował Jim.

– Nie martwcie się, przejdziemy – zapewnił Bartek.

– Jak? – sarknął Jim. – Jesteś fakirem? Przejdziesz po tych pikach? Może jeszcze po rozżarzonych węglach potrafisz chodzić?

– Nie jestem fakirem, ale znalazłem to! – Bartek pokazał łuk i pięć strzał. Przedmioty te stały oparte o mur.

– Nic nie rozumiem – Jim pokręcił głową.

– A ja już wiem! – Ania pojęła, o co chodzi bratu. Teraz ona również zauważyła nad bramą, po drugiej stronie fosy, tarczę. Na początku nie zwróciła na nią uwagi, sądziła, że to

jakiś herb. Ale była to tarcza z zaznaczonym na czerwono środkiem.

– Jest pięć strzał. Niech każdy z nas spróbuje trafić, tak będzie sprawiedliwie – rzekł Bartek, wyciągając z kołczana strzały. Każdemu wręczył po jednej. A potem naciągnął zdjętą cięciwę na łuk.

– Przydałoby się więcej światła! – westchnęła Mary Jane.

– Skierujemy wszystkie latarki w ten jeden punkt – zaproponował Bartek.

– Ja na pewno trafię! – zaśmiał się chełpliwie Jim i pierwszy chwycił łuk.

– Tylko skup się, nie marnuj strzały! – Mary Jane stanęła za bratem.

– Nie mów mi, co mam robić! Strzelam lepiej od ciebie! – odburknął.

Lecz jego strzała poszybowała prosto w mur obok bramy, odbiła się od niej i wpadła do fosy. Jim się zirytował.

– Dawaj, teraz moja kolej – Martin wyrwał mu łuk z rąk.

Niestety, był niewiele lepszy od brata.

Kiedy przyszła kolej na Anię, dziewczynka długo mierzyła w środek tarczy. Ale i ona chybiła.

– Zostały nam jeszcze tylko dwie strzały – Bartek wymownie patrzył na Mary Jane.

– Ty spróbuj, tobie na pewno się uda! – Mary Jane wręczyła Bartkowi łuk. Ciągle jeszcze pamiętała, jak o włos przegrała turniej. Była wtedy trochę rozkojarzona, a teraz jest jeszcze zdenerwowana. „Na pewno nie trafię" – pomyślała.

Bartek mierzył długo i cierpliwie. Wstrzymał oddech, żeby ręka mu nie zadrżała. Aż wreszcie wypuścił strzałę...

Przeleciała ze świstem ponad fosą i kierowała się dokładnie w sam środek tarczy.

Ale do środka trochę jej zabrakło...

– A niech to kurze stopy! – wykrzyknął wściekły.
Mary Jane ukryła twarz w dłoniach.
Teraz wszystko zależało od niej.
– Co zrobimy, jeśli nie trafię? – spytała smętnie.
– Nie martw się, coś wymyślimy – pocieszał ją Bartek.
Dziewczyna wzięła głęboki oddech. Wszyscy zacisnęli kciuki.
Mary odgarnęła grzywkę z czoła i chuchnęła na strzałę, jakby to miało przynieść jej szczęście. Najwyraźniej zabieg ten poskutkował, bo gdy tylko wypuściła ze świstem strzałę, przyjaciele krzyknęli z radością:
– Hurraa! Jest! Trafiłaś!
W tym samym momencie drewniany most zwodzony zaczął z wolna opadać, jakby opuszczali go jacyś niewidzialni rycerze.
– Wydaje się w porządku – Bartek pierwszy sprawdził jego wytrzymałość.
Przyjaciele podeszli do bramy, przed którą lśniły dwa ogromne miecze. Nadal były skrzyżowane i uniemożliwiały przedostanie się do pomieszczenia, którego strzegły.
– Co teraz? – Jim patrzył wyczekująco na Bartka i Mary Jane. – Jak się ich pozbędziemy? – wskazał miecze.
– Boję się, że posiekają nas na plasterki – jęknął Martin.
Ania wiedziała już, czego należy użyć. Od razu zauważyła, że brama nie miała tradycyjnego zamka. Domyśliła się, że można ją było otworzyć jedynie... pierścieniem!
Ale jak to zrobić, jeśli ostrza mieczy uniemożliwiały bliższe podejście?

Właściwie tylko ona zdołałaby się przecisnąć i włożyć pierścień w niewielki otwór. Poprosiła o klejnot i nie mówiąc, co zamierza zrobić, po krótkiej chwili namysłu podbiegła do mieczy i przecisnęła się pod nimi.

– Aniu, co robisz?! Nieee! – wykrzyknął przerażony Bartek. Nie było przecież wiadomo, na jakiej zasadzie zadziała mechanizm.

Rzucił się na ratunek siostrze. Usłyszał przerażający, metaliczny szczęk…

Oczyma wyobraźni ujrzał, jak dwa miecze przecinają w pół jego najdroższą siostrzyczkę.

Mali Gardnerowie byli tak zaskoczeni wyczynem Ani, że stali oniemiali jak dwa gargulce, a Mary Jane całkiem sparaliżowało.

Lecz Ania, nie bacząc na niebezpieczeństwo, błyskawicznie wsunęła pierścień w poprzeczny otwór i przekręciła go jak klucz. W tej samej sekundzie Bartek wyciągnął ją spod drżących ostrzy…

Rozdział XXXII
Gildia zdrajców

Miecze zgrzytając przeraźliwie, rozsunęły się, tworząc przejście, tym samym brama również stanęła otworem.

Poszukiwacze krzyżackiego skarbca niepewnie przekroczyli wrota.

A potem ujrzeli coś, co wprawiło ich w zachwyt...

– Na Wielkiego Mistrza! – Jim wrzasnął z radości!

W niewielkim pomieszczeniu o pięknym sklepieniu podtrzymywanym przez dwie smukłe kolumny, stały trzy skrzynie wypełnione złotymi monetami i klejnotami. Na ścianach wisiały przepiękne, tkane złotymi i srebrnymi nićmi kobierce.

– Ale piękne! – zachwycała się nimi Mary Jane. – Jakby pochodziły z „Baśni tysiąca i jeden nocy"!

– Tak, to wschodnia robota – ocenił Bartek.

– Spójrzcie na te klejnoty! – Ania przesypywała dłonią perły wypełniające po brzegi złotą czarę.

Jim i Martin stali z otwartymi buziami przy złotych zbrojach wysadzanych rubinami, szmaragdami i diamentami.

– To skarbiec z Montfortu! – Bartek powiedział ze wzruszeniem w głosie. – Naprawdę go odkryliśmy!

– To będzie dopiero sensacja! – Ania klasnęła w ręce.

– Niestety, my wolelibyśmy uniknąć rozgłosu! – Szczęśliwych odkrywców zmroził nagle męski głos.

Dzieci gwałtownie odwróciły się.

Za nimi stało dwóch mężczyzn w czarnych garniturach. Jeden był wyższy, a drugi trochę niższy. Obaj mieli na sobie długie marynarki ze stójką przy szyi. Jim uznał, że wyglądają trochę jak z filmu „Matrix" z Keanu Reevesem w roli głównej. Tylko że teraz nie mieli do czynienia z planem filmowym.

Martin rozejrzał się w panice. Bez dwóch zdań, znaleźli się w pułapce bez wyjścia.

– Kim jesteście i czego chcecie? – Bartek odważnie wystąpił do groźnie wyglądających mężczyzn.

Walter Schneider zmierzył dzieci lodowatym wzrokiem.

– Próbowaliśmy was ostrzec, żebyście odsunęli się od tej sprawy. Ale nie zrozumieliście licznych aluzji. Z jednej strony dobrze, bo ten Brazylijczyk Antonio nas zawiódł. Za to wy doprowadziliście nas prościutko do skarbca. Mamy teraz tylko jeden kłopot…

Dzieci zadrżały.

– Musimy się was pozbyć! – wycedził Walter.

– Chodzi wam o ten skarb? Jesteście z Zakonu Krzyżackiego? – Mary Jane dopytywała się, grając na zwłokę. Liczyła, że w tym czasie Bartek obmyśli plan ratunkowy. – Nie możecie nam zrobić krzywdy! Wielki mistrz Bruno Platter o wszystkim się dowie! Zapewniał nas, że zakon nie ma nic wspólnego z poszukiwaniem skarbu!

– Bruno Platter nic nas nie obchodzi! – zaśmiał się niższy z mężczyzn, Bertolt Weber, za co Walter zgromił go wzrokiem.

– Jak to? Sprzeciwicie się Wielkiemu Mistrzowi? – zdziwił się Bartek. Coś mu w tym wszystkim nie pasowało.

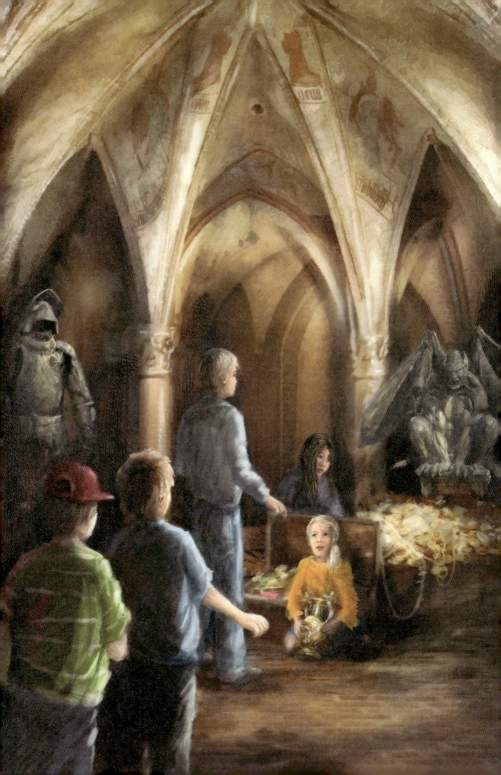

– Jego Ekscelencja nie jest naszym zwierzchnikiem! – Weber znowu zarechotał, a Walter rzucił mu mordercze spojrzenie. Za dużo paplał!

– Z chęcią pogadałbym z wami dłużej, ale niestety, nie mamy czasu! – Walter uciął wyznania Bertolta. – Odsuńcie się, chcę zobaczyć skarbiec! – wyciągnął z wewnętrznej kieszeni marynarki rewolwer.

Dzieci posłusznie odsunęły się i stanęły w kątku, koło jednej ze zbroi. Tuż za nią, owinięte w aksamit leżały trzy miecze z damasceńskiej stali. Bartek stanął tak, żeby mężczyźni ich nie dostrzegli.

– To wszystko? – Walter nie był tak uradowany jak młodzi odkrywcy. Jego mina przedstawiała rozczarowanie. – Nic więcej nie ma? – ponowił pytanie, machając groźnie rewolwerem.

– A czy to panu za mało? – Ania odezwała się odważnie, choć dygotały jej nogi. – Przecież to wspaniały skarb!

– Powinno być tego trzy razy tyle! – wrzasnął Walter ze złością. – Gadajcie, gdzie reszta skarbca! – zażądał, mierząc rewolwerem po kolei w każde z przerażonych dzieci.

– Nic o tym nie wiemy – Bartek był skołowany. – To wszystko, co tutaj było. Nic stąd nie wzięliśmy!

– Nie wierzę wam! – Bertolt również się wściekł. – Coś przed nami ukrywacie!

Mary Jane wystraszona zerknęła na Bartka.

– To jakieś czubki! – syknęła.

– Naprawdę nie wiemy, o co wam chodzi! – zapewniał gorliwie Bartek. Nic z tego nie rozumiał.

– Dokument, który posiadamy, wyraźnie mówił, że powinno być dziewięć skrzyń pełnych złota. Ja widzę tylko trzy! – ciskał się Walter. – Gdzie pozostałych sześć?

– Skoro dokładnie wiecie, co zawierał zaginiony skarbiec zakonu, to chyba wiecie, gdzie go szukać! – odgryzł się Bartek. Po minie Schneidera odgadł jednak, że ci dwaj nie wiedzieli, gdzie znajduje się reszta skarbu, jeśli takowa w ogóle istniała.

– Brat Gotfryd musiał podzielić skarbiec – zasugerował Weber.

– Tym gorzej dla nich! – Walter złowrogim wzrokiem zmierzył dzieci. – Nie możemy ich puścić wolno. Zdradzą nasze plany, a i tak nie będzie łatwo wydobyć te skrzynie – zatoczył łuk ręką.

– To wy może sobie omówcie, jak zabierzecie się z tym bogactwem, a my sobie pójdziemy do domu – powiedziała przymilnie Mary Jane.

– STAĆ! – wrzasnął Walter. – Nigdzie stąd nie wyjdziecie!

– Ale my naprawdę nie chcemy tego skarbu! Weźcie go sobie, o, proszę! – mówiąc to, Bartek rzucił Bertoltowi złoty puchar.

Weber wyciągnął zachłannie ręce, ale nie przewidział, jak będzie ciężki. Złapał go, lecz stracił równowagę, a upadając, podciął nogi Walterowi i wytrącił mu rewolwer z ręki. Puchar grzmotnął Bertolta w głowę i mężczyzna zemdlał. Leżał nieprzytomny pośrodku skrzyni ze złotymi monetami.

– Uciekajmy! – pisnęła Ania i zerwała się do ucieczki.

Walter błyskawicznie pozbierał się, sięgnął po miecz leżący tuż obok i zagrodził dziewczynce drogę.

– Nikt stąd nie wyjdzie! – wycedził.

– Chłopaki, macie, brońcie się! – Bartek podał Jimowi i Martinowi miecze z damasceńskiej stali. Trzeci zostawił dla siebie.

Okazało się jednak, że i Walter był biegły w sztuce fechtunku. Zaciekle zaatakował Bartka. Szczęk oręża wypełnił skarbiec.

– Uciekajcie! – Bartek zawołał do przyjaciół i siostry.

Mary Jane złapała Anię za rękę i pociągnęła za sobą.

– Chodźcie! – wezwała też braci. Chciała jak najszybciej wyprowadzić ich w bezpieczne miejsce i wrócić, żeby pomóc Bartkowi, który wciąż zmagał się z Walterem.

Mary Jane, ciągnąc Anię i popychając braci, wybiegła na most. Jakież było jej zdumienie, gdy ujrzała na nim... Thomasa.

– Przykro mi, nie mogę was wypuścić – rzekł z drwiącym uśmieszkiem, grożąc jakimś zardzewiałym prętem.

– Jesteś z nimi? – Mary Jane zaczynała wszystko rozumieć. – To oni cię uwolnili?

– Jak widzisz, nie pożarły mnie szczury, więc tak, jestem z Walterem – odrzekł Thomas.

– Dla kogo pracujecie? – Martin uznał, że warto jeszcze raz o to zapytać, może Thomas będzie rozmowniejszy niż Walter.

Miał dobre przeczucie. Bardziej niż na dochowaniu tajemnicy, zależało Thomasowi na zaimponowaniu Angielce, być może już po raz ostatni...

– Myślałem, że pęknę ze śmiechu, gdy obserwowałem, jak gubicie się w domysłach i podejrzewacie Zakon Krzyżacki, he, he, he – śmiał się z wyższością. – Ale o to nam chodziło, o wprowadzenie zamieszania!

– Więc kim jest twój zleceniodawca? – Mary Jane zapytała z pogardą.

– I tak już nikomu tego nie wyśpiewacie, więc zdradzę wam ten sekret...

Thomas zrobił efektowaną pauzę.

– Zatrudnił mnie Gerard von Mebberg. Nie należy do zakonu, tylko do potężnej, tajnej gildii, ale jest też potomkiem wielkich mistrzów krzyżackich. Ma prawo do tego skarbu!

I to mnie powierzył zadanie odszukania go! – pochwalił się butnie.

Mary Jane spojrzała na Anię. Takiej możliwości w ogóle nie brali wcześniej pod uwagę. Odkrycie prawdy nie zmieniło jednak ich dramatycznego położenia. Ze skarbca nadal dochodziły odgłosy walki, co znaczyło, że Bartek ma kłopoty, a pozostałym drogę do wolności zagradzał Thomas.

Bliźniacy naradzali się przez chwilę szeptem.

– My się nim zajmiemy, a wy wezwijcie pomoc – Jim szepnął do siostry i nim zdążyła go powstrzymać, ruszył pierwszy z wyciągniętym przed siebie mieczem. Dołączył do niego Martin.

Thomas był nieco zaskoczony i rozbawiony. Sądził, że od razu rozbroi tych malców. Ale chłopcy nacierali na niego zaciekle i doskonale parowali jego uderzenia prętem. Lekcje Bartka i wujka Ryszarda nie poszły na marne!

Dziewczynki nie chciały zostawić swoich braci samych. Przez krótką chwilę naradzały się rozpaczliwie co zrobić, gdy nagle stało się coś nieoczekiwanego...

Rozległ się przeszywający krzyk, a zaraz potem drapieżny sokół wpił się szponami w dłoń Thomasa. Chłopak wypuścił pręt i wrzasnął z bólu. Ptak odfrunął, zatoczył koło nad jego głową i znowu zaatakował Andersa. Ten zaczął osłaniać głowę zranionymi rękami, ale ptak nie dawał za wygraną.

W końcu Thomas, roztrącając Anię i Mary Jane, wbiegł do skarbca, żeby schować się przed niebezpiecznym drapieżnikiem. Lecz sokół wleciał tam za nim. Akurat w tej samej chwili Bertolt odzyskał świadomość. Gdy jednak ujrzał nad sobą potężny, zakrzywiony dziób i ostre szpony, zemdlał powtórnie. Thomas biegał w kółko, szukając kryjówki. Założył sobie srebrzysty szyszak na głowę, ale nic w nim nie widział i wpadł na Waltera. Bartek wykorzystał okazję i wybiegł ze skarbca. Rozległ się przeciągły gwizd i sokół również wyleciał z pomieszczenia. Ania zatrzasnęła natychmiast grube drzwi i przekręciła pierścień, omal nie przypłacając tego życiem...

Dwa ogromne miecze strzegące skarbca opadły na swoje miejsce.

Mary Jane ledwo zdołała wyciągnąć Anię, gdy ostrza prawie dosięgły jej szyi.

– Jesteś cała? – Bartek przytulił siostrę. Był spocony i okropnie zmęczony.

– Nic mi nie jest!

– Całe szczęście! – odetchnął uspokojony. – Skąd tutaj ten ptak? – Bartek powiódł zdumionym wzrokiem.

Był pełen wdzięczności dla sokoła, który dziwnym trafem dokładnie wiedział, kogo ma dziobać. Chłopak otarł ściekający strużkami pot z czoła i patrzył zaciekawiony na Mary Jane, która uśmiechała się tajemniczo.

– To Falco – odezwał się za plecami Bartka dziewczęcy głos.

Ostrowski odwrócił się gwałtownie.

Przed nim stała Oriana.

– Ty, tutaj? – rozdziawił usta.

– Mieszkam w Gniewie – odparła Oriana. – Brałam udział w pokazach. Przypadkiem zauważyłam, że przyjechaliście. Chciałam się z wami przywitać, ale wy mnie nie widzieliście i pobiegliście na zamek. Poszłam, więc za wami. Wtedy zauważyłam, że wchodzicie do tych lochów.

– No tak – Bartek klepnął się w czoło. – Widziałem sokoła przelatującego nad dziedzińcem, to był twój Falco! Nie przyszło mi do głowy, że możesz tutaj być, a przecież powinienem był się tego domyślić!

– Ale jak doszłaś aż tutaj? – zaciekawił się Martin.

– Zaraz po was, na dziedzińcu pojawili się dwaj podejrzanie wyglądający faceci, którzy przyjeżdżali do Gniewa już kilka razy – opowiadała. – Mieli czarne BMW z austriacką rejestracją, od razu wszyscy w miasteczku je zauważyli. Kręcili się tutaj od dłuższego czasu. Tym razem postanowiłam ich śledzić. Poszli waszym tropem, a ponieważ długo nie wychodziliście, zakradłam się za nimi. Widziałam, co się tutaj wydarzyło!

– Przyszłaś w samą porę – ucieszyła się Ania.

– Powinniśmy wezwać policję – przerwał przytomnie Jim.

– I powiadomić wszystkich o odkryciu! – dodała Mary Jane i przyjaciele pośpiesznie opuścili podziemia, pozostawiając przestępców uwięzionych w skarbcu.

Z Kronik Archeo

W lochach gniewskiego zamku przeżyliśmy chwile pełne grozy. Gdyby nie nasza nowa przyjaciółka Oriana, wszystko mogło skończyć się bardzo dramatycznie. Najpierw okazało się, że Thomas Anders jest zdrajcą. Chciał się tylko nami posłużyć, żeby prędzej odnaleźć skarb Wielkiego Mistrza. Niespodzianek było znacznie więcej. Wydało się, że Thomas jest synem Waltera Schneidera! Obaj należeli do tajnej gildii, której korzenie sięgają średniowiecza. Pracowali dla barona Gerarda von Mebberga! Baron nosi nazwisko jednego z wielkich mistrzów i uzurpuje sobie przez to prawo do skarbu. Obecnie to on dowodzi gildią. Odnalazł zapiski sporządzone przez Zygfryda z Turyngii, w których była mowa o wielkim skarbie Zakonu Krzyżackiego.

Na rozkaz Hitlera gildia poszukiwała skarbca już w czasie II wojny światowej. Tuż przed końcem wojny, jeden z żołnierzy niemieckich, Otton Grundmann, natrafił na kilka cennych wskazówek dotyczących zaginionego skarbca. Po kapitulacji Niemiec Grundmann uciekł do Brazylii, zabierając ze sobą dokumenty, które odnalazł. Przez wiele lat nikomu o nich nie mówił. Zmienił nawet swoje imię i nazwisko na Felipe Silva. Aż wreszcie pewnego dnia wytropili go ludzie z gildii i zadzwonił do niego baron von Mebberg. Pod wpływem groźby wymusił zwrot dokumentów. Podawał się za przedstawiciela Zakonu Krzyżackiego i pozostawił swój numer telefonu. Starzec nie miał wyboru, bał się, że von Mebberg zniszczy całą jego rodzinę, dlatego przed śmiercią nakazał wnukowi, Antonio Silvie, przekazanie cennych dokumentów. Dalej akcja potoczyła się zupełnie nieoczekiwanie, bo w centrum tych wydarzeń przypadkiem znalazła się panna Ofelia! To w jej ręce wpadła mapa z planem podziemnych tuneli wykutych pod murami zamku w Gniewie i to dzięki tej mapie odnaleźliśmy relikwiarz i skarbiec!

    Wszystko jednak wskazuje na to, że przed wiekami skarb został podzielony na trzy części, a my znaleźliśmy zaledwie jedną z nich! Reszta wciąż czeka na odkrycie, pewnie w jakimś zupełnie innym zamku, w miejscu, w którym nikt się tego nie spodziewa...

Bartek

Skarb Zakonu Krzyżackiego

Splot wielu niezwykłych okoliczności sprawił, że w ostatnich dniach doszło do niezwykłego odkrycia archeologicznego, największego na ziemiach polskich od wielu lat!

Dzieci znanych polskich archeologów Ania i Bartek Ostrowscy wraz z brytyjskimi przyjaciółmi Mary Jane, Jimem i Martinem Gardnerami wpadły na trop fascynującej zagadki sprzed wieków. Pewną, choć nie do końca wyjaśnioną rolę, odegrała w tym wydarzeniu również bibliotekarka z Zalesia Królewskiego, panna Ofelia Łyczko.

Wydaje się wręcz nieprawdopodobne, że tylko dzięki kilku przypadkowo odnalezionym dokumentom dzieci te dokonały wręcz epokowego odkrycia. Odnalazły pod kaplicą św. Anny w Malborku nieznany ciąg krypt ze świetnie zachowanymi wnętrzami i malowidłami. Już to wydarzenie jest wystarczająco sensacyjne i może posłużyć za scenariusz filmowy. Ale na tym nie koniec! Młodzi bohaterowie odnaleźli również legendarny skarbiec Zakonu Krzyżackiego oraz cenny relikwiarz wielkiego mistrza Hermana von Salzy.

Skarb tworzą trzy skrzynie ze złotymi i srebrnymi monetami, wiele złotych naczyń, wysadzane drogimi kamieniami zbroje oraz wschodnie kobierce. Wstępne ustalenia zdają się poświadczać, że skarbiec ten pochodzi jeszcze z okresu wypraw krzyżowych i pierwotnie był zdeponowany w twierdzy Montfort w Galilei. Po tym, jak przewieziono go do Polski, każdy wielki mistrz, starał się go pomnażać i powiększać jego zasoby. Jak wielki mógł to być niegdyś skarb? Prawdę znał być może jedynie wielki mistrz Ulrich von Jungingen.

Cały świat archeologiczny zadaje sobie pytanie, jak to możliwe, że aż do tej pory nikt nie odnalazł tego skarbu, choć szukano go już w czasach II wojny światowej.

Nieznany dotąd układ licznych podziemnych tuneli oraz przejść pod zamkiem w Malborku, a także pod twierdzą w Gniewie, badany jest przy użyciu specjalistycznego sprzętu. Być może już niebawem będą one dostępne dla zwiedzających.

Magdalena Kostrzewska

archeologia żywa

Rozdział XXXIII

Smak poziomek

– To był świetny pomysł, żeby tu przyjechać! – cieszyła się Ania, siadając w wysokiej, soczyście zielonej trawie, obok strumienia, którego brzegi porastały żółte kaczeńce i błękitne niezapominajki.

Piknik, który zorganizowała panna Ofelia, zapowiadał się wspaniale. Razem z wujkiem Ryszardem zabrali całą piątkę odkrywców zaginionego skarbu Zakonu Krzyżackiego na wycieczkę na wieś. Na pikniku nie mogło również zabraknąć Oriany. Ubrana w zwyczajną spódniczkę i kolorową bluzeczkę wyglądała nieco inaczej niż w średniowiecznej, lnianej sukience. Była teraz zwyczajną nastolatką.

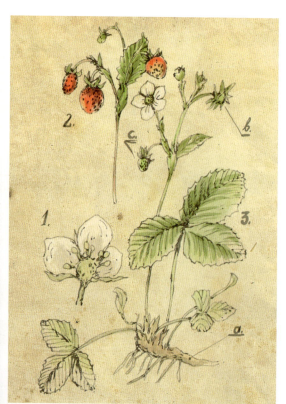

– Wiesz, jesteś ekstra! – Martin starał się jej przypochlebić. Lubił Orianę w obu wersjach. – Jesteś bardzo fajną kumpelą! Nauczysz mnie czegoś więcej o sokołach?

– No pewnie! – sokolnictwo było pasją Oriany i mogła o nim rozmawiać godzinami. Poza tym okazało się, że dziewczyna interesuje się nie tylko sokołami, ale w ogóle przyrodą i szybko znalazła z Martinem wspólny język, choć chłopiec był od niej o wiele młodszy. Razem wymieniali się ciekawostkami z życia roślin i zwierząt.

Jim natomiast był zadowolony, że na pikniku nie towarzyszy im sokół Falco. Został w domu w Gniewie, pod opieką taty Oriany.

– Tutaj będzie chyba najlepiej, co? – Bartek wskazał miejsce na piknik.

– Idealnie! – Mary Jane aż klasnęła w ręce.

Razem z Bartkiem rozłożyli kraciasty koc w cieniu wiekowego dębu. Ania ustawiła na nim pełen przysmaków koszyk piknikowy, który przygotowała babcia Aniela. Babcia pamiętała nawet o poziomkach ze swojego ogródka!

Jim i Martin, gdy tylko poczuli odrobinę swobody, natychmiast zaczęli gonić się po całej łące. Po ostatnich wydarzeniach wreszcie mogli pozwolić sobie na całkowitą beztroskę.

– Poziomki waszej babci są obłędne! W życiu nie jadłam lepszych! – mówiła z pełnymi ustami Mary Jane.

– Widzisz, warto było przyjechać do Polski dla samych poziomek! – roześmiał się Bartek.

– Ja również nie jadłam lepszych – zapewniła Oriana, rozkoszując się smakiem pysznych owoców.

Ania rozłożyła się wygodnie na kocu z Kroniką Archeo i malowała w niej obrazek.

Mali Gardnerowie nadal gonili się wzdłuż pola, na którym w ciepłych promieniach słońca dojrzewało zboże poprzetykane makami i chabrami.

Z daleka błyskały tylko ich rude czupryny.

– Nie mogę nadal uwierzyć, że rozgryźliśmy sekret Wielkiego Mistrza i odnaleźliśmy skarbiec Zakonu Krzyżackiego! – mówiła Mary Jane.

– Kto by się spodziewał, że podziemia zamków w Malborku i Gniewie kryły tyle sekretów! – odrzekł Bartek.
– Wiadomo już, co stanie się ze skarbem? – spytała Oriana.
– Część, razem z relikwiarzem Hermana von Salzy, na pewno zostanie wystawiona w muzealnych gablotach – odpowiedział Bartek. – Co do reszty, trwają jeszcze jakieś rozmowy z prawdziwym zakonem w Wiedniu. Baron von Mebberg zaszył się gdzieś w austriackich Alpach, ale i tak niedługo trafi w ręce policji.
– Pewnie mnóstwo turystów przyjedzie teraz do Zalesia Królewskiego, Gniewa i Malborka. Gazety szeroko opisały nasze przygody i zamieściły zdjęcia skarbca – wtrąciła Ania.
– Jakoś przeżyjemy ten najazd – odpowiedział z uśmiechem Bartek.
– A mojemu miasteczku bardzo przyda się taki najazd – Oriana dodała z uśmiechem. – Trochę rozgłosu nie zaszkodzi.
– Racja – przytaknął Bartek.
Mary Jane, wciąż podjadając poziomki, zamyśliła się na krótką chwilę.
– O czym tak dumasz? – zapytał w końcu Bartek.
– Została jeszcze jedna rzecz do wyjaśnienia…
– Chyba wiem, o czym rozmyślasz – Bartek popatrzyła na Mary Jane z ukosa. – O kamieniu filozoficznym?
– Czytasz w moich myślach! – roześmiała się.
– No właśnie, nie udało nam się nic więcej na ten temat ustalić – włączyła się Ania. – Czy symbol pelikana naprawdę mógł mieć coś wspólnego z alchemikami i kamieniem filozoficznym?

Oriana również była ciekawa opinii Bartka. Wiedziała już o wszystkich szczegółach poszukiwania relikwiarza i skarbca.

– Uważam, że Thomas specjalnie podpowiedział nam historię z kamieniem filozoficznym, żebyśmy się nią zainteresowali. Starał się zaskarbić naszą sympatię, żebyśmy włączyli go do poszukiwań. Symbol pelikana używany przez Krzyżaków ma raczej znaczenie bardziej religijne, na pewno nie ma nic wspólnego z alchemią. To by się wręcz wykluczało. A ty, co o tym myślisz? – Bartek zwrócił się do przyjaciółki.

– A gdyby jednak to było możliwe? – Mary Jane snuła przypuszczenia. – Może Thomas jednak wiedział coś więcej? Może temu baronowi von Mebberg chodziło nie tylko o skarbiec, ale również o kamień filozoficzny?

– Być może któregoś dnia, prawda wyjdzie na jaw – powiedziała Oriana.

– Któż to wie...

Tymczasem na polnej drodze prowadzącej do lasu pojawiła się panna Ofelia. Towarzyszył jej wujek Ryszard. Oboje spacerowali już od dłuższego czasu, omawiając swoje sprawy.

– Ofelio, musisz mi przyrzec, że już nigdy nie wyruszysz sama na wyprawę do dżungli – Ryszard Ostrowski mówił stroskanym głosem, trzymając Ofelię za rękę. – A przynajmniej mnie o tym powiadomisz – prosił. – Byłbym ogromnie zrozpaczony, gdyby... gdyby coś ci się stało!

Panna Ofelia oparła głowę na ramieniu Kasztelana.

– Obiecuję, że następnym razem uprzedzę cię o mojej podróży. A jeśli będziesz miał ochotę – zajrzała mu z uśmiechem w oczy – zabiorę cię ze sobą!

– Już siebie widzę, skaczącego na lianach niczym Tarzan! – Ryszard uderzył się w piersi, a Ofelia parsknęła śmiechem.

Wkrótce para doszła do krawędzi lasu, gdzie panował miły chłód, a powietrze pachniało igliwiem i korą drzew.

– Chyba idą na randkę – zachichotała Ania, obserwując parę.

– Kto by pomyślał, że panna Ofelia okaże się aż taka tajemnicza! – powiedziała z przejęciem Mary Jane. – Jest bardziej zagadkowa niż egipski Sfinks.

– Nawet naszym rodzicom nie powiedziała, że przemierza amazońską dżunglę. Zawsze mówiła, że jeździ w góry – dorzuciła Ania.

– A co powiedzą jutro moi rodzice, gdy przylecą! – roześmiała się Mary Jane. Państwo Gardnerowie oczywiście wiedzieli już o niezwykłych przygodach swoich pociech. Opuścili Egipt i najszybciej jak mogli, starali się wrócić do Polski. Mary Jane wyobrażała sobie ich miny, gdy dowiedzą, się o sekretach panny Łyczko. – Zastanawiam się, czym jeszcze nas zaskoczy – spod zmrużonych powiek obserwowała oddalającą się sylwetkę panny Ofelii.

Bliźniacy zmęczeni harcami wreszcie przybiegli i rzucili się na trawę, obok piknikowego koca.

– Dajcie nam coś zjeść! – zachrypłym głosem domagał się Martin.

– I pić! – Jim był równie zziajany.

Kiedy Mary Jane podała im chłodny napój z mięty i cytryny, kanapki oraz poziomki, rzucili się na wszystko łapczywie, jakby od kilku dni nie mieli nic w ustach.

Bartek oparty o pień dębu przekomarzał się z chłopcami, a Mary Jane wraz z Orianą poszły nazbierać polnych kwiatów. Wróciły akurat w chwili, gdy Ania skończyła swój obrazek i odłożyła Kronikę Archeo.

– Zróbmy sobie wianki! – zaproponowała Ania i dziewczęta ochoczo zabrały się do pracy.

– Wyglądacie jak rusałki – ocenił Bartek, gdy założyły je sobie na głowę. Stwierdził, że Mary Jane wygląda ślicznie i bezwiednie wpatrywał się w nią tak bardzo, że dziewczyna poczuła się zażenowana. Zdjęła z głowy wianek, bo nagle poczuła się w nim głupio. Natychmiast wykorzystał to Jim i sam założył go na swoją rudą czuprynę.

Zaczął wygłupiać się i błaznować, czym bardzo rozśmieszał Anię. Dziewczynka zanosiła się perlistym śmiechem. Po chwili dołączyła do Jima i Martina i biegała razem z nimi po łące.

Oriana popatrzyła na Bartka oraz Mary Jane i powiedziała z ledwo dostrzegalnym uśmiechem w kącikach ust:

– To ja pójdę sobie nad strumyk, bardzo lubię strumyki – dodała i czym prędzej się oddaliła.

Mary Jane i Bartek zostali sami. Z rozbawieniem patrzyli na wyczyny młodszego rodzeństwa.

– Wybaczysz mi, że tak łatwo dałam się nabrać Thomasowi i że wtajemniczyłam go w nasze sekrety? – spytała łamiącym się głosem Mary Jane.

– Jasne, że tak! Nie ma o czym mówić! – roześmiał się Bartek, który nie potrafił długo chować urazy.

– Co za ulga! – odetchnęła Mary Jane.

– Zawsze będziemy najlepszymi przyjaciółmi! – zapewnił Bartek, biorąc Mary Jane za rękę. – Nikt i nic tego nie zmieni!

Dziewczyna poczuła, że wzruszenie ściska jej gardło.

Te wakacje w Polsce pod każdym względem okazały się niezwykłe. I nie tylko dlatego, że poziomki babci Anieli były tak pyszne, i wcale nie dlatego, że odnaleźli wspaniały skarb, ale dlatego, że przyjaźń z Bartkiem i Anią okazała się niezłomna.

Późnym popołudniem Kasztelan wraz z panną Ofelią przygotowali kolejną atrakcję.

– Moi drodzy, czas na ognisko! – oznajmił wujek Ryszard.

Jim i Martin natychmiast rozbiegli się w poszukiwaniu suchych gałązek potrzebnych do rozpalenia ogniska.

Panna Ofelia ustawiała je w równiuteńki stożek, a dziewczynki przygotowywały kiełbaski, które potem wszyscy piekli na długich kijach.

Blask ogniska rozświetlał twarze przyjaciół, a w ciszy letniego wieczoru daleko niósł się śpiew wujka Ryszarda, który nie dość, że miał mocny głos, to jeszcze pięknie grał na gitarze. Nawet panna Ofelia była mile zaskoczona, bo od tej strony nie poznała jeszcze Ryszarda Ostrowskiego.

„Każdy z nas widocznie skrywa jakieś tajemnice" – pomyślała, zasłuchana w piękną balladę. A w głowie powoli układała plan kolejnej podróży...

Panna Ofelia nie przewidziała jednak, że może pojawić się coś, co pokrzyżuje jej plany. W tym samym czasie, w innej części świata, gdzieś na Dalekim Wschodzie, podczas potężnego sztormu morze wyrzuciło na brzeg skrzynię. Przez wieki spoczywała na dnie, na pokładzie zmurszałego, pirackiego okrętu, aż wreszcie los odmienił jej przeznaczenie...

Ciąg dalszy nastąpi...

Spis treści

I	W poszukiwaniu El Dorado	5
II	Znowu razem	8
III	Rodzinne sekrety	16
IV	Faceci w czerni	21
V	Powrót	28
VI	Żegnaj, menażko!	30
VII	Klucz do zagadki	35
VIII	Pierwsze ostrzeżenie	47
IX	Co tu się dzieje?	52
X	Historia zatacza koło	56
XI	Fastrygi	59
XII	Twierdza Montfort	64
XIII	Dama serca	69
XIV	Zacięty pojedynek	77
XV	Duchy to moja specjalność	83
XVI	Na celowniku	89
XVII	Zamiast zupy	97
XVIII	Kolejne włamanie	107
XIX	Król przekrętów	115
XX	Marzenie alchemików	118

XXI	Tajemnice panny Ofelii	126
XXII	Nieoczekiwane spotkanie	134
XXIII	Pościg	144
XXIV	Magiczne miejsce	159
XXV	Nieznana krypta	169
XXVI	Czyżby El Dorado?	176
XXVII	Gniew Mistrza	188
XXVIII	Nowe informacje	194
XXIX	Uścisk śmierci	199
XXX	To nie tak miało być	209
XXXI	Komnata Gargulców	215
XXXII	Gildia zdrajców	225
XXXIII	Smak poziomek	240

W serii:

Kolejny tom w przygotowaniu!

Klątwa złotego smoka

Dlaczego w Londynie giną japońskie dzieła sztuki? Jakie tajemnice kryje statek widmo? Kim jest starzec sączący kufel grogu w zadymionej tawernie? I co ma wspólnego z piratem Blackiem Willem? Czy ostatni ronin zdoła ocalić cudowny wachlarz? I czy klątwa złotego smoka dosięgnie każdego, kto odnajdzie skarb? A co, jeśli Natoka Matsuzawa nie jest przyjacielem, za jakiego uważa go Bartek?

Kraj Kwitnącej Wiśni i japońskie baśnie, które stają się prawdą, okrutni wojownicy ninja i tajemniczy ronin, a w tle nieustraszeni piraci. To tylko część przygód, jakie tym razem czekają na Ostrowskich i Gardnerów. Wszystko bowiem dzieje się w zawrotnym tempie, a stawka jest bardzo wysoka! Tym razem gra toczy się o... nieśmiertelność!